男子보다 세일즈*

남자들이
알려주지 않는
영업의 비밀

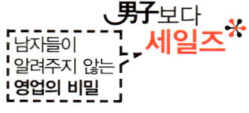

男子보다 세일즈*
남자들이 알려주지 않는 영업의 비밀

2009년 03월 12일 1판 1쇄 인쇄
2009년 03월 16일 1판 1쇄 펴냄

지은이 한영수
펴낸이 구모니카

마케팅 유영일, 남성진
디자인 Design I'm
제 작 양만익

펴낸곳 M&K
등 록 2005년 1월 13일 제7-292호
주 소 서울시 마포구 서교동 328-25번지 2층
전 화 02-323-4610
팩 스 02-323-4601
e-mail nikaoh@hanmail.net

2030여자 클럽 2030womenselfhelp.cyworld.com
M&K 싸이월드 타운 http://town.cyworld.com/mnk

ISBN 978-89-92947-04-6 03810

이 도서의 국립중앙도서관 출판시도서목록(CIP)은 e-CIP 홈페이지(http://www.nl.go.kr/ecip)에서 이용하실 수 있습니다.
(CIP제어번호: CIP2009000722)

男子보다
세일즈*

HP 출신 세일즈 우먼,
130억 영업 신화의 주인공 한영수가 쓰다

남자들이
알려주지 않는
영업의 비밀

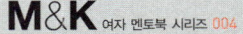
M&K 여자 멘토북 시리즈 004

직장 생활로 부자되는 유일한 길, **세일즈!**
이제 여자가 접수합니다!

아직 노후 계획을 세울 나이는 아니지만, 그래도 나의 노후를 꿈꿔볼 때면 나는 오드리 헵번을 떠올리곤 한다. 지긋한 나이에도 왕성하게 돌아다니며 오지의 불쌍한 아이들을 돌봐주면서 봉사하는 삶. 사실 당장이야 생활에 치여 내 자식들 밥상 차려 주기도 바쁘지만 언젠가는 베푸는 삶을 살고 말리라. 그렇다면 그 전초전이나 혹은 연습으로 내가 할 수 있는 일이 무엇이 있을까를 생각해보니, 수십 년 동안 내가 피땀 흘려 체득한 노하우를 후배들에게 전하는 것도 일종의 기부나 봉사가 아닐까 하는 데까지 생각이 미친다. 사심 없이 나만의 체험과 경험을 이야기하듯 들려주다 보면 후배들의 시행착오를 줄여

줄 수 있지 않을까.

지난 16년간 여자의 몸으로 부딪히고 깨지며 터득한 세일즈 노하우를 들려주면 나의 후배들만은 좀 더 수월하고 행복하게 이 길을 가지 않을까 싶다. 여자라서 힘들고 비참하고 억울하고 원통, 분통하던 경험들을 바탕으로 '여자들을 위한 세일즈 비법'을 정리해보았다. 그러니까 이 책의 목적은 '누군가가 미리 조금만 알려줬더라면 세일즈하기가 지금보다는 나았을 텐데.' 하는 후배들을 위한 영업 지침을 들려주는 것이다. 이제 나의 글을 읽은 후배들은 영업 현장에서 통쾌한 경험들을 하며 "여자라서 행복해요"를 외치며 신명나게 지내기를 바란다.

자, 과연 세일즈라 함은 무엇인가. 더 넓게, 영업은 무엇인가. '영업'을 한마디로 정의하기는 힘들겠지만 '상품을 잘, 많이 팔아 이윤을 남기는 행위'에 다름 아닐 것이다. 반면 내가 생각하는 '영업의 장점'은 한마디로 정리가 된다. '직장 생활해서 부자가 될 수 있는 유일한 직업'인 것. 상품과 재화가 넘치는 시대에 모든 기업의 최종적인 미션은 바야흐로 '영업'에 집중되고 있다. 그러니 영업자들에게 인센티브 제도를 적극적으로 활용하는 게 아니겠는가. 영업 하나만 잘 파고들면 월급의 수십 배, 수천 배 이상의 성과를 올릴 수 있는 것이다. 그런 영업을 여자들이 멀리하는 게 안타까워서 내가 팔 걷어 부치고 나서는 거다. 직장 생활로 돈 벌 수 있는 유일한 길인 영업 현장을 여자들에게 적극적으로 소개하고 싶어서 안달이 날 지경이다.

영업 바닥에서 남자들은 모범 답안지를 가지고 시작하는 것이라는 말이 있다. 이미 군대에서 모의 테스트를 혹독하게 치른 남자들은 일종의 해답지를 가지고 사회에 뛰어드니 두려움이나 긴장감 없이 영업의 전선에 떡하니 자리잡게 되는 것. 반면 안 그래도 소심한 여자들의 경우 아무 생각 없이 멍 때리다가 시험 보는 격이라 할 수 있다. 학원에서 족집게 선생이 콕콕 찍어주는 걸로 공부한 학생하고 집에서 대충 뒹굴면서 참고서로 공부한 애들하고 누가 시험 잘 보겠는가. 그러니 우리 여자들은 남자들이 가지고 있는 모든 룰을 간접 경험으로 빠른 시간에 독파할 필요가 있다. 운 좋게도 우리네 여성들에게는 센스의 최고봉인 '촉수'가 발달하지 않았는가. 남자들의 룰과 질서를 몰라 좌충우돌하면서 깨달은 상처를 뼈에 하나하나 새기면서 이 책에 꼼꼼히 기록했으니 밑줄 쫙~쫙~ 그으면서 세일즈에 하나씩 접목해 보기 바란다.

이 책은 기본적으로 기존 남자들이 답습해오던 영업방식을 설명한다. 그에 더해 여자라서 더 잘할 수 있는 여자들만의 창의적인 영업방식을 덧붙이는 식으로 서술했다. 일종의 '여자들을 위한 세일즈 마인드 맵'이라 보면 된다. 과거에는 영업이 남성들만의 전유물로 여겨지며 대부분의 영업 룰이 남자들이 짜놓은 판에서 움직였지만 아마 우리 딸들 세대에서는 많이 바뀌지 않을까 생각한다. 내가 기꺼이 밑거름과 발판이 되리라는 사명감을 가지고 우리 딸들 시대에는 보다 행복하게 영업을 할 수 있는 환경을 만들어 주고 싶다. 이 책은 그 고두보이자 신호탄이라 할 수 있겠다. 여자로서 영업 바닥에서 성공을 한 나를 보라. 그 경험을 오롯이 풀어냈으니 당신의 영업의 길에 백과사전처럼 활용할 수 있을 것이다. 여자들이여, 세일즈에 대한 두려움을 모두 벗어던지고 과감하게 뛰어들어 보기 바란다.

대학교 때 집안 형편이 어려워 1년 휴학을 하면서 심적으로나 육체적으로 너무나도 힘들었던 적이 있다. 기질적으로 독립적인 나도 "누가 조금만 도와줬으면~" 하고 바랄 때가 있었던 것 같다. 악으로 깡으로 버티지만 누가 조금만 뒤에서 밀어준다면 고비를 넘길 수 있을 것 같은 그런 생각 말이다. 산을 타다가 너무 힘겨워서 포기하고 싶을 때 누군가 "정상이 코앞이야! 힘내!" 하면서 손을 내밀어 준다면 얼마나 감격스러울까. 이를 앙다물고 버티다 완전히 소진돼서 나가떨어지기 바로 직전에 누군가의 손길을 원하며 울었던 기억이 있는 사람이라면 그 감격을 알 것이다. 이 책이 척박한 영업의 땅에서 살아가고 있는 모든 여자 영업자들(예비 영업자들)에게 그런 구원의 손길이 되길 바라마지 않는다. 절망의 터널에서 다시 '아자! 아자! 그래, 까짓 거 할 수 있어!' 하고 일어날 수 있도록 작은 손전등, 그 한 줄기 빛이 되었으면 한다.

지금의 나를 만든 것은 비가 오나 눈이 오나 바람이 부나 나름대로의 원칙을 지키면서 우직하게 가방 하나 들고 뻔질나게 고객 만나러 돌아다닌 일, 그게 다다. 어쩌면 너무나도 단순하고 시시해서 이렇게 책으로 만들기에 조금은 부끄러운 '영업의 기본 원칙'을 실천한 것인데, 그래도 과감하게 여러분에게 일독을 권하는 것은 그렇게 기본 원칙을 실천한 일이 지금의 나를 만들었기 때문이다. 이 책을 읽을 독자 여러분은 나보다 젊고, 예쁘고, 똑똑하고, 열정이 있을 거라 생각한다. 그러니 내 작은 조언을 발판 삼아 나보다 더 멋지고 훌륭한 세일즈를 해낼 것으로 믿는다. 이제 쓸데없는 걱정일랑 훌훌 털어버리고 영업의 바다에 한번 뛰어들어 보라. 절대 후회하지 않을 것이다. 자, 마지막으로 기억할 것은 지금 같은 불황에 살아남는 최고의 직업은 '세일즈'뿐이라는 사실!

테헤란로의 불빛이 지난 16년 나의 고된 영업의 세월을
속속들이 비추는 것만 같아 눈물이 고이는
2009년 3월 어느 밤, 한영수 보냄.

추신. 나의 사랑하는 가족, 나를 이 자리에 오게 만들어주신 전 LG텔레콤 송기봉 상무님을 비롯한 고객님들, HP 최준근 사장님을 비롯한 선후배들, 똘똘한 한영시스템즈 직원들, 저와 책을 세상에 내놓기 위해 힘써주신 M&K 구모니카 대표, 나의 모든 멘토들에게 이 책을 바칩니다. 그리고 이렇게 책을 낼 수 있도록 인도해주신 하나님께 감사드립니다.

C O N T E N T S *

01* 남자들 영업방식, 무조건 카피하지 말라

영업 바닥이 워낙 남자들이 길을 닦아놓은 터라 남자 방식의 영업이 주류로 여겨진다. 화려무쌍한 접대 문화가 대표적인 남자 방식이다. 그러니 여자들이여, 차별화된 영업 전략을 짜기가 얼마나 수월한가. 그런데 문제는 많은 여자 영업자들이 남자들 방식 따라하다가 지쳐 나가떨어진다는 거다. 여자는 여자다. 남자들 따라 하려다가 몸 망가지고, 돈 잃고, 시간 날리고, 계약은 물 건너가고……. 여자는 여자의 방식을 찾아서 승부할 일이다. 그래도 '나는 여자 영업자들만의 블루오션을 과감히 버리고 남자들의 방식을 택하겠다.' 하는 여자분들이여, 부디 건투를 빌 뿐이다. 효과를 검증한 사람이 없으니 말이다.

아마도 이 책의 전반에서 남자 영업과 여자 영업의 차이를 피력하게 될 것인데 맛보기로 몇 가지 이야기를 해보자. 과연 '여자들만의 영업방식' 그 차별화 전략이 있기는 있을까, 의심하는 분들은 여기를 주목하시길. 내가 몸담아온 IT쪽 영업 분위기는 특히나 남자들이 판을 장악하고 있어서 이런 갈까지 있다. '남자 영업자들에게 답안지를 미리 다 보여주고 시험 보는 격'. 이 말을 듣고 비분강개할 여자 영업자들이여, 오히려 쾌재를 불러야 할 것이다. 여자라서 불리하다는 것을 알고 대처하면 모든 것이 오히려 당신에게 유리해질 테다. 입 삐죽 내밀고 '남자들 미워~!' 하며 자격지심 부리지 말고 여자 방식의 창의적인 답안지를 작성하면 그만이다. '크리에이티브 creative'가 시대의 키워드 아닌가. 구시대의 답안지를 암기한 남자를 이길 수 있는 신선한 영업의 모범 답안을 창조하자!

사실 나의 영업 세월을 돌이켜 보자면 남자들의 영업방식을 버리고 피하는 세월이었다 해도 과언이 아니다. 기존 인맥을 찾아 하이에나가 되어 구걸하지도 않았고, 엔지니어들을 돕겠다며 없는 힘을 짜내가며 무거운 물건을 들지도 않았고, 제품 납품할 때 박스를 뜯는 작업도 안했고(대신 밥은 많이 사줬음.), 단란주점도 영업 초창기에 몇 번 가다가 이건 아니다 싶어 끊었고, 술도 어느 정도 마셔보다가 이러다 죽지 싶어서 그만뒀다. 그런 방식을 대체할만한, 상대방이 '이런 영업자도 있구나! 멋진걸~!' 하며 깜짝 놀라며 감동할 만한 나만의 방식을 하나하나 정립해 나갔다.(그 방식들은 이 책에 아주 구체적으로 나열되어 있다.)

분명한 사실은 이거 하나다. 여자와 남자는 다르니 그걸 인정하고 절대 남자처럼 하려고 애쓰지 말라는 것! 머리를 짧게 자르고, 바지를 입고, 구두도 남자들 스타일로 신고, 말투도 남자처럼 연출하고, 술도 마구 퍼마시고, 단란주점에서 남자들이랑 같이 어깨동무하고 노는 여자 영업자들이 속으로 얼마나 피눈물을 흘리는지 아는가? 그런 구태의연한 영업으로는 창의적인 영업자가 될 리 만무하다. 오히려 당신의 부자연스러운 행동이 상대방에게 불쾌감과 부담감을 주지는 않을 런지 고민해볼 일이다.

02 남자들의 세계에서
기꺼이 왕따가 되라

　여자 영업자들은 남자들의 밤 문화, 골프 문화 등에서 왕따 당하기 일쑤다. 어디 그뿐인가. 알고 보면 뭐 그리 대단한 일도 아니면서 자기들끼리 속닥이고 수군대는데 왕따 당하는 기분이 안 들 수 없다. 그런데. 이렇게 생각해보면 어떨까. '그깟 왕따 기꺼이 당하리라!' '내가 너희를 왕따시키는 거다.' 차라리 한 마리 고고한 학처럼 당신만의 고유한 영업의 영역을 만들고, 유유자적하게 나단의 거래처를 섭렵하는 거다. 때론 왕따가 더 만족적이고 행복한 삶을 살기도 하지 않던가.

　워낙 세일즈 분야가 남자들만의 전유물이었던 터라 자기들만의 혜택과 이권을 여자들에게 뺏기는 게 싫은 건 당연한 일

아닌가. 게다가 회사 윗선은 물론 거래처의 촉망을 한 몸에 받는 여자 영업자라! 남자 입장에서 보자면, 밥그릇 뺏기는 기분에다가 시기와 질투까지 합쳐지는 순간일 터, 그들 눈에 당신은 그야말로 가관일 것이다. 그러니 그냥 자기네들끼리 놀라고 놔둬라. '싫다. 나는 굳이 그 자리에 동석해서 왕따 기분 느끼겠다.'하시는 분들, 한 가지는 각오해야 한다. 당신의 몸과 마음이 다치는 만큼 남자들이 일적으로 전혀 도움 되지 않을 것이라는 점 말이다. 각자 판단에 따르시길.

사실 남자들이 의도적으로 왕따를 시키는 데는 악의적인 감정이 있다기보다는 자기들끼리 편안하게 동료 뒷담화도 하고, 윗사람도 씹고, 남자들끼리의 '즈질' 얘기도 나누려는 상당히 단순한 이유 때문이다. 그럴 때는 그들만의 리그를 즐길 수 있도록 놔둬라. 남자들 세상에 껴서 불편한 얘기를 억지로 들으며, 어색한 분위기 속에서 꿔다 논 보릿자루처럼 앉아 있으면서 남자도 불편하게 하고 나도 불편한 것이 남녀평등은 아니지 않은가? 태초부터 남녀는 유별하고 많은 부분에서 여자가 약하고 불리하고 불편하게 되어 있다. 그 명백한 사실을 거부하고 부정하기보다는 그냥 인정하고 받아들이는 태도가 깔끔하지 않을까. 흐르는 물을 막을 수 없듯 내 세대에서는 남자들이 짜놓은 판에서 불편하게 아등바등하지만 내 딸 세대에서는 새로운 구조로 정리 정돈 되지 않겠느냐 생각해버리자는 거다. 사실 한국과 일본만 세일즈 분야에 여자가 드물지 미국이나 유럽, 동남아시아는 세일즈를 거의 여자들이 잡고 있다고 해도 과언이 아니다. 그러니 언젠가는 좋은 날이 오겠지 하는 마음으로 여자만의 영업의 길을 새롭게 만들어 보자.

03 * 기존 영업방식과
반대로 해봐라!

아래 열거하는 방식은 기존 영업 바닥에서 팽배한 영업 문화다. 아래와는 반대로 할 것!(승률 100%다.)

- ❖ 치고 빠지는 식의 영업만이 살길. 계약 건이 있을 때만 주구장창 들어가다가 계약서에 도장 찍고 나면 발길을 끊는다. 계약 후에는 감사 인사도, 식사 대접도, 방문도 일절 금한다.

- ❖ 극심한 손해를 보더라도 업계에서 가장 싼 가격으로 지르고 들어가 계약을 따낸다.

- ❖ PT에 필요한 일련의 작업 과정에서는 조용히 있다가 남들이 밥상 다 차려놓으면 숟가락만 가지고 들이대 일을 따낸다.

- ❖ 평소에는 관심도 없던 계약이었지만 남들이 밥상 다 차려놓았으니, 이제 숟가락만 가지고 가격을 푹 질러 일을 따낸다.

❖ 고객에게 오버 개런티$^{over\ guarantee}$(기능이나 품질을 과장)하거나 무엇이든 사소한 거짓말을 최대한 떠벌여서 무대뽀로 일을 성사시킨 후 나중에 모른 척한다.

❖ 신의와 우정, 배려와 믿음, 사후 관리 따위는 영업자가 몰라도 되니 무조건 일을 따내는 데 혈안이 되어 날뛴다.

❖ 영업은 고객을 만나는 일이 전부다. 남는 모든 시간은 모조리 땡땡이! 신나게 놀러 다니며 이미지는 전혀 신경 쓰지 않는다.

❖ 영업에는 친분이 최고! 친분에는 술자리가 최고! 낮에는 어슬렁거리며 놀고 저녁에는 무조건 고객과 술자리를 가진다.

❖ 고객과 술친구가 되어 거의 매일 만나 논다. 일로 연결이 안 돼도 신나게 놀기만 한다. 실속은 뒷전, 노는 데만 환장하는 영업자가 된다.

❖ 새로운 거래처 뚫기는 너무 어렵다. 기존의 인맥과 연줄을 최대한 동원해 구걸하듯이 영업한다.

❖ 만나면 편한 고객만 주구장창 만난다. 제 아무리 금맥을 가지고 있는 고객이더라도 사람을 불편하게 하고 저승사자 같은 고객은 나의 리스트에서 과감히 재껴둔다.

P.S. 이 밖에도 현장에 팽배한 '기존' 영업방식을 적극적으로 활용하고, 나만의 '창의적인 영업방식'을 개발할 생각은 전혀 하지 않는다.

04 공주를 버리고 무수리로 거듭나라

내가 영업을 처음 시작할 때 주변의 반응은 이런 식이었다. '쟤는 또 뭐냐?' '이젠 아무나 영업한다고 난리구나.' '영업은 누구나 할 수 있지만 아무나 할 수 있는 일은 아니다.' 각종 기죽이는 반응들에 완전 주눅이 들었다. 사실 나는 HP에서 영업 부서로 오기 전 법제부에서 영문 계약서를 만들거나 마케팅 프로그램을 만드는 식의 책상에 앉아서 작전 짜고 머리 굴리는 일을 주로 했다. 계약서에 내 사인이 있어야 오더가 진행되니 자연히 영업부 사람들이 공주처럼 대접해 주었고, 그 시절은 그야말로 개폼 잡고 다니던 시절이었다. 그러다가 어느 날 갑작스레 영업을 시작했으니 하루아침에 공주에서 무수리

로 전락한 것이다.(아, 그리워라 옛날이여……, 지난 시절 다시 올 수 없나~ 그 나알~, ㅋㅋ)

마음이야 다부지게 먹었다고 쳐도 사람의 위상이 갑자기 바뀌는 데 얼마나 적응하기 어렵고, 심장이 쿵쾅거리고, 불안한지 등줄기에 땀이 쭉쭉 나는 그야말로 영업 초짜의 고통스런 시절이었다. 오기와 깡 없이는 하루도 버티기 힘든 초년병 시절은 한마디로 단무지(단순, 무식, 지랄)의 세월이었더랬다. 하루는 서점에 들러 영업 관련 책을 싹 사왔다. 이것저것 독파하며 마음을 다잡고 있는데, 어떤 책에서 보니 어느 남자 영업사원이 고객을 쫓아 목욕탕까지 가서는 '왜 나를 안 만나 주냐? 나는 그 오더를 반드시 따야 한다.'고 애원하면서 빨가벗고 무릎을 꿇고 애원했다는 얘기가 나왔다. 또 어떤 책에서는 최고의 장사꾼은 자신의 부모를 죽인 사람 앞에서도 무릎을 꿇을 수 있어야 한다는 얘기까지 나오니 한숨이 푹푹 나왔다. '와~! 이렇게까지 해야 하나?', '내가 과연 해낼 수 있을까?' 생각했지만, 한편으로는 더 오기가 생겼다. 때로는 오기가 성공을 만들어주기도 하는 거다.

좌충우돌하는 초년병 시절에 나의 두려움을 불식시켜주고 영업을 할 수 있게 기회를 준 영업총괄 대선배님은 이런 말로 힘을 실어 주기도 하셨다. "영업 그거 어렵고 힘든 것 같지만 해보면 별거 아니야……." 착하게 그때 그 말을 믿고 여기까지 직심스럽게 달려왔으니, 나를 이루는 것은 오기와 자신감, 뚝심과 끈기 그게 전부인 듯하다.

남자 영업자에게 기 눌리고, 고객에게 푸대접 받고, 무거운 장비를 이고 지고 수개월 아무 생각 없이 깨지고 부딪히고 나니 내 안의 공주는 사라지고 나는 다시 태어났다. 어느덧 야생적인 영업의 매력에 심취한 나를 만났을 때의 그 기쁨은 지금 생각해봐도 기특하고 흐뭇하다.

05 [*] 여자 영업자여, 한 방 노리지 말고 잔매로 승부하라!

자, 여기 남자 영업자가 한 명 있다. 지난 수개월 공을 들인 고객이 하나 있는데, 이제 마지막으로 한 방 쓰러뜨리면 바로 수주가 나올 것 같다. 얼마 전에는 골프치고 와서 단란주점에 가 3차 비용까지 합치면 거의 400만원을 썼더랬다. 오늘은 요즘 강남에서 뜨고 있다는 변태마사지를 받으러 간다. 계약서 사인할 날이 코앞이다. 우리가 지켜본 지금 이 일련의 행각들은 둘을 일종의 공범자로 묶어 인간적인 친분을 돈독히 하는 효과가 있다. 분명히 있다.

자, 그렇다면 같은 고객을 노리는 여자 영업자가 있다고 치자. 그녀는 골프도 못 치고, 술도 못 마시고, 남자 고객 모시고 변태마사지 숍에 갈 수도 없다. 어떤 전략으로 접근해야 할까? 답은 이미 나와 있다.(이건 내 얘기다.) 사무실로 여러 번 찾아가서 눈도장을 찍고, 맛있는 점심을 대접하고, 문자와 메일로 안부도 자주 묻고, 세상 돌아가는 이야기도 소소하게 적어보내고, 작은 선물로 어필하고, 아무튼 자주자주 잔매를 치는 거다. 고객 입장에서 보자면 자신의 치부를 보이지 않은 여자 영업자와도 끈끈한 우정과 신뢰를 쌓게 된다. 이 또한 분명 돈독한 친분이다.(물론 시간이 오래 걸리고, 수많은 인내심 테스트를 거쳐야 하지만…….)

그렇다면, 이 고객은 남자와 여자 중 누구에게 수주를 줄 것인가? 고객 나름이겠지만, (나의 경험상) 일 처리를 더 확실하게 해줄 사람하고 계약한다.(한마디로, 노는 건 놀 때뿐이란 말씀!) 확실한 일처리와 신속한 대응, 그거야말로 내 특기다.(모든 여자의 특기이기도 하고.)

'잔매'로 승부하라는 얘기는 내가 후배들에게 가장 많이 하는 말인데, 그 내용은 단순하다. 가방 하나 둘러매고 회사를 나서서 업무 시간 내내 성실하게 고객 만나러 돌아다니라는 거다. 영업을 오랫동안 해온 사람들은 매너리즘에 빠져 업무 시간에 스크린 골프도 치러 다니고, 사우나도 하고, 애인도 만나러 다닌다는데 나는 업무 시간 만큼은 열심히 업무에 매진한다. 끝나면 거의 집에 가서 살림하고 책 읽고, 일찍 잤다. 그렇게 단순한 생활을 우직하게 16년 가까이 하다 보니 '성격은 까칠한데 영업은 잘한다.'는 소리를 듣게 되었다. 물론 내가 놓친 계약도 있고, 나를 떠난 고객들도 있지만 그래도 여전히 나를 찾아주는 고객들이 훨씬 많다. 경쟁자들이 서너 번 고객을 만날 때 나는 열 번 넘게 만난 거다. 그랬더니 대부분의 발주는 내게로 왔다. 잔매의 효과는 음주가무의 효과보다 확실히 뛰어나다.(단, 인내심을 키울 것!)

06 마음에 굳은살을 키워라!

　여자들 특유의 섬세함, 민감함, 예민함, 자격지심, 자학 본능, 그로 인한 확대해석과 자기 오해는 영업 분야뿐만 아니라 여자들의 성공에 있어 정말로 큰 장애물이다. 그러니까 한마디로 '여자 특유의 민감함이 일을 망친다.'는 거다. 그렇다. 여자들은 자기가 만들어 낸 어떤 오해 때문에 여러 가지 일을 그르치곤 한다. 영업하는 여자 후배 하나는 고객이든 동료든 남자들이 예상치 못한 행동을 보이면 자기를 싫어한다고 생각해 상심하며 나를 찾아와 울고불고 난리다. 나는 한마디로 딱 잘라 얘기한다. '그런 일에 민감하게 굴 시간에 차라리 거래처 한 곳을 더 들르지 그러니?!'

생물학적으로 여자들은 민감하고 예민한 존재여서 발생한 사안에 대해 과장해서 해석하는 경향이 있다. 그러지 않아도 될 일을 곱씹고 확대시키고 자기 맘대로 결론 내리고 결국 다 싫다며 포기하고…….(당신이 망친 지난 연애를 떠올려보시길~!) 안타깝고 안 됐지만 제발이지 여자들이여, 정신 바짝 차리고 마음에 굳은살을 키우기를 바란다. 상대는 그 일을 일분일초도 염두에 두지 않는다. 특히 남자들은 다른 사람에게 별 관심이 없다.(나는 남자들 하나도 안 부러운데, 이 점은 참 샘난다.) 만사에 무딜 정도로 단순하고 기계적인 남자들은 별 생각 없이 하는 행동과 말들이 많다.(그걸 해석하고 있는 여자들은 얼마나 어리석은가!) 윗사람한테 심한 말을 듣고도 좋다고 입 헤 벌리고 웃고 있는 남자 영업자들을 보면 참 대단하다는 생각도 들고 마누라하고 애새끼 먹여 살리느라 애쓴다는 생각에 안쓰럽기까지 하다. 남자들처럼 되라는 것이 아니다. 다만, 영업 바닥에서 남자들이랑 어울려 살아가려면 당신의 마음에 단단한 굳은살을 조금만 더 키워보라는 거다.

07 * 술집 여자, 연예인, 여자 영업자의 **사주는 같다?**

　가만 보면 셋 다 뭔가를 파는 사람들이다. 술집 여자는 술을, 연예인은 웃음을, 여자 영업자는 제품을 말이다. 또한 이 모두는 '나'를 파는 일이기도 하다. 그러니 '나를 팔기위해 무엇인들 못하리~' 하는 정신 무장이 필요하다는 얘기다. 실제로 영업하는 여자 후배 하나는 부업으로 와인바를 운영하는데, 술장사나 영업이나 다를 게 없다는 식이다. 영업을 위해 고객이랑 술 마시고 늦게 들어왔더니 신랑이 그러더란다. "너는 영업을 하는 거냐? 사람들이랑 술 마시고 떠드는 게 재밌어서 놀다 오는 거냐?" 딱히 대답할 말이 없었다는 그 후배의 얘기를 듣고 내가 겪었던 일이 생각났다.

　130억이라는 큰 딜을 성사시키고 자축하는 의미에서 부서 회식을 하러 단란주점에 가서 노는데 기분이 참 묘했다. 내가 성사시킨 그 계약이라는 것이 허망하기도 하면서 이 세상 살아가는 모두가 다 이렇게 사는 거구나 했던가. 억지로 장단을 맞추며 노래 부르고 술 마시고 놀면서 난 속으로 눈물을 흘렸다. '나와 술집 언니들과 뭐가 다른가, 저 옆에 있는 언니들도 나처럼 억지로 기분 맞추고 있는 걸까, 내가 이러려고 어렵게 공부해서 이 자리까지 왔나. 사람 사는 게 다 거기서 거기라고 들 하더니만 결국 내 삶도 그렇고 그런 건가.' 별의 별 잡생각이 다 들었더랬다. 그날 이후 난 영업방식을 다시금 수정하기로 결심했다. '그래, 굳이 남들 다 하는 걸 나까지 따라할 필요는 없는 거야. 마음 다쳐가며 어울리느니, 나만의 차별화 전략을 짜는 거야.' 그렇게 또 한 번의 상처 뒤에 나만의 영업방식이 하나 더 정립된다.

08* 남자 고객과 스캔들 나는 건
자기 밥그릇 엎는 격!

    드라마나 영화를 보면 여자 영업자가 몸으로 영업하는 경우가 많이 나오는데, 그 작가는 세일즈를 몰라도 너무 모르는 것 같다. 아마 세일즈를 해본 여자들은 모두가 공감할 것이다. 요즘 같은 첨단 경쟁 과잉 시대에 몸으로만 차별화해서 영업계의 귀재가 된다? 절대로 있을 수 없는 일이다.(고객들 많이 약아졌다. 챙길 수익물도 다채로운데다가 그깟 섹스 아무 데서나 충족시킬 수 있는데 굳이 동종 업계의 영업자랑?) 글쎄, 몇 십 년 전에는 그런 행동이 통했을는지도 모르겠으나 한두 번 몸으로 영업하고 나면 이 바닥을 떠날 각오를 해야 한다. 그 고객의 무리한 요구를 언제까지 받아줄 것이며, 게다가 고객이 한두 명도 아닐 거고,

한 고객이랑 한 번만 거래하고 말 것도 아니고, 그야말로 자기 밥그릇 엎는 방법으로는 최고의 방법 되시겠다. 또 소문은 어쩔 건가!(당사자들끼리 아무리 쉬쉬해도 곳곳에 숨어있는 '생활형 검사'들까지 속일 수는 없다.)

'절대 몸으로 영업하지 말라!', 이건 여자 영업자가 지켜야 할 철칙 중의 철칙이다.

09* 남자가 엉기는 건 여자 탓!(예외 인정!)

후배 여자 영업자가 어느 날은 이런 고백을 한다. "선배, 나 요새 완전 고민되는 거 있는데, 회식을 하다가 어떤 남자 선배가 엉덩이를 탁 치는 거 있지……."(잠시 기가 막혀 할 말을 잃었다.) 이건 순전 내 개인적인 생각이긴 한데, 아무래도 그렇게 남자들이 쉽게 대하는 여자들은 뭔가 본인이 냄새를 풍기는 경우가 많다. 가볍게 보이지 않는 이상, 남자들이 미친 것도 아니고 그런 행동을 할 수가 없다고 본다. 내가 알기론 그 후배 역시 사람들을 무지 좋아하고 어울려 노는 데 거리낌이 없는, 그러니까 정말로 신나서 노는 (것처럼 보이는) 인간형이다. 그래서 나는 이런 조언을 해줬다. "남자가 그런 행동을 했을 때 어차피 노는 자린데 뭐, 하는 식으로 넘어가지 마. 싫으면 한 번쯤은 진짜 싫은 티를 내야 한다고. 그렇게 대놓고 견박을 줘도 못 알아먹는 게 남자들이야. 특히나 술 마시고 헤롱대는 남자들을 한 번 두 번 받아주기 시작하면 나중에 정말 큰 일 터진다고. 밥팅아!" 실은 그 후배가 잘못한 건 없다고 본다. 사람을 좋아하고, 술자리어서의 매너를 잘못 배운 탓이랄까. 우리나라 사람들은 이상하게도 술자리 매너에 관대하다. '그 놈의 술이 죄지.' 하며 술기운 때문이니까 용서하자는 식인데, 나는 절대 반대다.

특히나 비교적 약자의 입장에서 접근하게 되는 영업자의 경우에는 더더군다나 처신을 잘하지 않으면 안 된다. 남자들이 자기를 쉽게 대한다는 생각이 든다면, 자신이 한 행동을 돌이켜 볼 일이고, 행동 수정에 들어가면 그만이다. 기숙사 사감이 되어 차갑게 대하라는 게 아니라 함께 어울리면서도 넘지 않을 선이 어디쯤인지 상대방에게 분명하게 알려줘야 한다는 얘기다.

만천하에 '저, 어려운 여자거등요~!' 하고 공표할 게 아니라 매너 없이 들이대는 구뢰한, 그 딱 한 사람만 알도록 교묘하게 처신하라! 엉기는 남자는 자신이 뭘 잘못하고 있는지 모르는 경우가 많은데, 이런 인간에게는 교묘하게 당사자만 눈치 채도록 괴롭히면 된다. 어느 날 회식 중에 노래방에서 직장 선배 하나가 살짝 내 허리를 감길래 춤추는 척하면서 등짝을 여러 차례 '세게' 후려쳐버렸다. 다른 사람들은 몰랐겠지만 그 무뢰한은 깜짝 놀라며 다시는 내 몸에 손을 못 대게 되었다는……. 자기를 소중히 여기는 것은 자기 자신뿐이라는 것을 알아야 한다. 살짝만 틈을 보이면 비집고 들어와 들이대는 게 남자들이다.

어릴 적부터 귀에 못이 박히게 들어온 금언을 왜 자꾸 까먹는가. "남자는 다 도둑놈이다!"

10 [*] 징징대지 말라!

어려운 영업일을 하다보면 저도 모르는 사이에 입에서 불평불만이 쏟아져 나올 때가 있다. 약하디 약한 여자들은 '힘들다.'는 소리를 입에 달고 사는 경우가 많은데 이거 정말 안 좋은 습관이다. 특히 경쟁자들에게 업무와 관련된 하소연은 절대로 하지 말라. 당신이 힘들다며 흘린 모든 얘기들이 누군가에게는 정보가 되어 남의 귀에 흘러 들어간다. 그렇게 힘들어하는 사람에게 일을 주고 싶겠는가. 감정이 발달한 우리네 여자들은 기쁘거나 슬프거나 분할 때 시도 때도 없이 눈물샘이 터지곤 한다. 생물학적인 작용이라 제어가 안 된다며 여자들은 눈물을 무기로 삼는 경우가 많은데, 그건 니 애인한테나 해라.(때론 애인도 안 받아주지 않던가.) 모두가 힘들게 눈물 참아가면서 열심히 일한다. 울고 싶을 땐 혼자 울어라. 이 바닥의 모든 남자들은, 그것이 경쟁자이든 고객이든 여자 영업자의 눈물을 '더블 루저'로 볼 뿐이다.

외모는 장동건에 집안은 병원을 경영하는 그야말로 F4인 모 업체 영업이사가 있는데 나랑 저녁을 먹다가 고민을 토로한 적이 있다. 직원과 회식을 하면 여지없이 여자 영업자들이 술 취해서 힘들다고 운단다.(우수에 찬 그 남자의 분위기가 여자들의 모성을 자극하나?!) 아무튼 그 이사님 왈, "모두 힘들기는 마찬가지인데 왜 여자들만 우는지 당황스럽다. 차라리 집에서 문 잠그고 베개 던져가며 울던지, 왜 꼭 내 앞에서나 남자들 앞에서 우는지 모르겠다. 한심하다." 모든 남자들이 우는 여자를 보고 이렇게 생각한다는 점을 명심하라. 어떤 협력업체 사장은 이야기를 나누다가 상대인 여자가 울면 바로 이야기를 끊어버린단다. 아무튼 남자들은 운다는 것 자체에 경멸감이 아주 강한 것 같다. 속으로야 '니 딸이 나중에 커서 영업하다가 개박살나서 울고불고 해도 그러겠냐?' 했지만 남자들 앞에서는 절대로 울지 않기로 다짐했다. 언젠가 우리 딸들의 눈물은 빛을 볼 날이 있을까 모를 일이지만 어쨌든 지금 시대에 살고 있는 우리네 여자들은 절대로 남자들 앞에서 울지 말 일이다.

11 나만의 접대 노하우를 개발하라

　내가 고객 맞춤형 맛있는 점심 식사로 영업의 달인이 됐듯이 당신한테도 맞고, 고객도 좋아라 하는 접대 노하우를 개발하면 좋겠다.(술은 절대 안 된다.) 어떤 영업자는 고객을 찾아갈 때마다 정성이 담긴 작은 선물(받는 쪽에서 부담이 없어야 한다.)을 들고 가 인상을 강하게 남긴다고 한다. 꽃, 펜, 메모지, 인형, 립글로스, 핸드크림부터 치킨, 떡, 사탕, 케이크, 쿠키, 도넛 등 먹을 것까지 그 내용도 다채롭다. 어느 날 야간 작업 후 밤을 새운 고객들과 이른 아침에 회의가 있어서 맛있는 샌드위치를 사간 적이 있었는데, 그 고객 중에 한 분은 지금도 다른 경쟁사 직원들한테 나의 세심함을 얘기한다고 한다.(경쟁사 직원은 그 얘기를 전해주며 눈을 흘겼다.)

12* 술 못 마셔도
영업하는 데 전혀 지장 없다

영업에 접대가 필수라고 누가 가르쳤는지 가끔은 화가 난다. 왜 자기 건강을 담보로 영업을 하는가. 워낙 술이 체질적으로 강하고 음주 후 컨트롤을 잘하면 다행이겠지만 내가 보기엔 술에 장사 없다. 매일매일 서로 다른 고객들과 어울려 술을 마시면 망가지는 건 자신뿐이다! 술 좋아하는 고객이 계속 불러내고 더 과한 걸 원하면 어쩔 건가. 그저 다 받아주다가 골로 가서 장렬히 전사했다고 후대에 전할 건가. 혹여 술 마시고 실수라도 하면? '술 마시고 한 실수인데 뭐 어때.' 하며 고객이 받아줄 것 같은가? 고객은 그저 고객일 뿐이다. 시어머니가 엄마가 아니듯 말이다. 다 됐다 치고, 그렇게 몸 망가뜨려가며 열심히 영업했는데 일로도 연결이 안 되면 그 상실감은 어떻게 감당할 건가. 술 접대 잘하는 사람들 중에 영업은 빵점인 사람 많다. 바로 아래 항목에 나오지만 실제로 술 좋아하는 고객도 연일 술자리에 지치고 피곤해서 맛있는 점심 사주는 사람을 더 신뢰하고 일을 주는 경우도 많다.(몇몇은 그렇지 않은 경우도 있지만, 그쪽은 내 상대가 아니러니~!) 여기, 나를 봐라. 나는 술을 한 모금도 못하는데도 영업으로 잘 먹고 잘 사는 산증인이다. 술 안 마시고도 충분히 영업 잘할 수 있다. 제발이지 몸 망가지고 실속 없는 술 접대는 그만둬라! 게다가 지금처럼 영업 마진도 줄어들고, 환율이 극성일 때 '큰 돈 드는' 술 접대가 웬 말인가.

부득이 술을 마셔야 할 일 생기면 1차로 맛있는 저녁 식사를 든든히 하고, 2차로 가볍게 맥주 몇 잔 마시는 정도로 끝내자. '다음날 업무에 지장 없을 정도까지만 있자!'는 무조건 지켜야 하는 철칙을 세우는 거다. 식사를 든든히 했으니 치킨에 맥주 몇 잔이면 배도 부르고 기분도 좋아질 터! 분위기에 따라서 12시도 되고, 새벽도 되겠지만 가능하면 11시쯤 일어나는 분위기를 조성하자. 약간 아쉬운 마음이 없는 건 아니겠지만 다음 날 지장도 없고, 건강에도 무리가 가지 않으니 시간이 지나고 나면 다들 좋다고 한다. 한영수라는 사람이랑 술을 마시면 적당한 때 일어날 수 있다는 인식을 심어주면 다음번 약속을 잡기도 편하다. 그러니 궁극적으로 좋은 방법이 아닐 수 없다. 부어라 마셔라 해봤자 다음날 오전 다 망치고, 건강 망치고, 삭신 쑤시고 이득 될 게 대체 뭔가.(혹시 밤샘 음주 향연으로 이득을 경험하신 분 연락 달라!)

13 [*] 주구장창
점심만 대접하라

'파워 런치'라는 접대법이 유행이다. 한마디로 점심의 위력을 말하는 것이다. 바로 위 항목이랑 연결되는 것인데 '술보다 밥!'을 강력히 추천한다.

술보다는 밥이 영업에 좋은 몇 가지 이유를 정리했다.

하나, 술 접대보다 훨씬 경제적이다.

둘, 격무나 술자리에 지친 고객들은 부담 없는 점심 약속을 더 선호한다.

셋, 사실상 고객과의 두터운 친분은 술보다는 식사 자리에서 싹튼다.(맨 정신으로 나눈 대화가 더 신뢰 가는 건 당연한 일! 술 마시며 한 약속들은 기억을 못거나 곳하는 척하는 경우가 많지 않던가.)

넷, 부담스러운 저녁 술 약속보다 가벼운 점심 약속 잡기가 훨씬 쉽다.(저녁에는 대개가 다 바쁘고, 여러 스케줄이 겹쳐 약속을 몇 달째 못 잡기도 한다.)

다섯, 경제가 어려운 요즘 많은 회사들은 고객과 저녁 먹는 것을 감시하기도 한다.(영업 접대비가 확 줄었다.)

여섯, 확률적으로 술자리보다 점심 식사를 많이 한 영업자가 성과도 훨씬 앞선다.(내 경우뿐 아니라 여러 영업자들을 리서치한 결과다. 여기서 명심할 것은 절대로 고객에게 점심을 얻어먹지 말라는 것. 영업자들은 회사에서 접대비 청구가 가능하다는 것을 상대방도 다 알고 있고, 또 비싼 술 접대 대신인데 대체 점심을 왜 얻어먹고 다니나!)

특히 나는 '고객 맞춤형'의 독특하고 부담 없는 점심 식사로만 영업해온 장본인이다. 그렇게 일관되게 다가가니 고객도 익숙해지고 심지어 나만 보면 맛있는 점심이 먹고 싶다는 사람도 있다. 그와 더불어 고객의 체질을 잘 파악해서 센스 있게 메뉴를 짰다면? 나는 암이라는 큰 병을 치르고 나서 건강에 대해 열심히 공부한 사람이다. 책 읽기, 강연 듣기, 민간요법 체험하기 등등 다년간의 노하우로 무장했다. 그래서 고객을 만나면 거의 5분 안에 성격과 체질을 파악한다. 그에 따라서 고객이 좋아하는, 고객에게 맞는 음식 위주로 식사하러 가면 고객에게 점수 따는 건 시간문제. 밥을 먹으며 건강과 관련된 이런저런 얘기까지 들려주면 고객들은 내게 귀를 기울이고 호감을 갖게 된다.

고객 체질을 파악해서 나름대로 적절한 점심 메뉴 짜는 법을 살짝 공개한다. 심장이 좋지 않은 사람은 얼굴이 볼터치 한 것처럼 빨갛고 약간의 우울증과 조울증 증상들을 가지고 있고 완벽주의자이거나 분노가 많은 편이다. 그들에겐 찬 음식류가 좋다. 간이 좋지 않은 사람은 여지없이 눈 밑에 다크 써클이 있고 시도 때도 없이 욱하는데 단백질이 듬뿍 든 음식(단백질 흡수를 돕는 야채도 함께.)과 어패류가 좋다. 폐가 좋지 않은 사람은 안색이 하얗고 윤기가 없으며 따지기를 좋아하고 비평가적인 성향이 강하다. 매운 낙지나 얼큰한 탕을 먹자고 하면 아주 좋아한다. 위가 좋지 않은 사람은 안색이 약간 노랗거나 하야면서 윤기가 없다. 시도 때도 없이 트림을 많이 하면 위에 염증이 있다는 뜻인데 사실 위 세포는 3일이면 재생이 되기 때문에 약 먹을 필요 없이 그냥 며칠 굶으면 싹 낳는다고 말해준다. 맛있는 죽집으로 모시고 위에 좋은 약제를 선물하면 고객은 그 자리에서 쓰러진다. 신장이 좋지 않은 사람은 머리숱이 없고 머리카락에 힘이 없으며 두려움이 많아 공포에 약하다.

참고로 신장이 튼튼하면 성욕이 강하다. 어떤 음식이든 저염, 저담백, 저칼륨을 챙길 것!

"간단한 심리 테스트에요." 하며 좋아하는 색깔을 물어보고 메뉴 선택에 활용하는 것도 좋다. 빨간색을 유독 좋아하는 사람은 심장이 약한 경우가 많고 흰색이나 블루 계통을 좋아하는 사람은 폐가 약한 편이며, 회색을 좋아하는 경우 대장이 안 좋은 사람이 대부분이다.

14 * 밥 먹을 때
공장 얘기 절대 금물!

체할 일 있나. 공장 얘기는 커피 마실 때, 일어나기 딱 5분
전에 해라.

15 * 자신을 최고로 포장하면 명품 대우 받는다

영업계에 나, 한영수에 대한 소문이 있다. 집안도 좋고, 돈도 많고, 빽도 든든하고, 싱글이고, 취미는 골프에……, 등등 내가 들어도 엄청 화려한 인물이다. 그건 내 겉모습을 보고 사람들이 추론한 소문일 뿐이지 실제의 내 배경과는 전혀 딴판이다. 여기서 말하고 싶은 건 내가 최고로 보이면 상대방도 나를 최고로 대접해준다는 얘기다. 혹자들은 '그렇게 잘나가 보이면 영업 수주 안 들어오지 않나요?' 할지도 모르겠는데 실상은 전혀 그렇지가 않다. 인간이란 족속은 아무래도 고급한데 점수를 더 높이 쳐주기 마련이다. 실상 자신이 비중 있다고 여기는 사람들은 좀 더 권력을 가진 사람과 거래하고 싶어 한다. 그러니 과연 나를 허영되게 표출한 것은 잘못일까.

지난 16년 영업 생활을 하면서 나에게는 철칙이 하나 생겼다. 지각을 하면 했지 맨얼굴로 대충 차리고 나간 적이 없다는 것. 그리고 나는 옷 하나를 사더라도 좋은 옷을 사서 오래 입자는 주의다. 경험한 바, 싼 구두나 싼 옷들은 한 철을 넘기지 못하고 망가지고 만다. 그러니 싼 것을 여러 벌 살 돈이면 좋은 거 하나 사서 오래 쓰고 오래 입는 것이 낫다고 본다. 가끔 (중고) 명품숍에 들러 쓸 만한 옷이나 구두, 핸드백 같은 게 나왔나 보는 것도 내 취미 중 하나다. 요즘은 좋은 수선집도 많으니 유행이 지난 옷들은 다시 새 옷처럼 만들어 입으면 그만이다. 내가 가장 즐겨 입는 치마도 5년 이상 됐고 코트나 재킷 같은 것들은 거의 10년을 넘게 입어도 고급스러움을 잃지 않는다.

이런 자기 포장이 왜 힘을 발휘하는가 종종 생각해보는데, 아마도 상대방 입장에서 이왕이면 고급한 것이 무엇인지 아는 사람하고 함께 일을 하고 싶을 테고, 또 저렇게 잘 나가는 여자가 나한테 수주 받겠다고 굽신거리는군, 하며 일종의 희열감도 느낄 테다. 어쨌든 결론은 명품 대우를 받고 싶으면 자기 먼저 고급해지자는 얘기다. 실제로 한 고객은 나한테만은 절대 가격 흥정을 하지 않는다.(그 고객도 나와 같이 업그레이드 되고 싶은 건 아닐까?)

영업 바닥의 명언 중에 '세일즈는 제품을 파는 게 아니라 나를 파는 거다.'라는 말이 있다. 비싼 옷을 입고 나가면 나도 모르게 자신감이 생긴다는 것, 자신감이 생기면 고객 앞에서 당당해진다는 것, 당당해지다 보면 아무리 어려운 일도 극복할 수 있는 용기가 생기게 된다는 것이다. 사실 영업자의 입장에서 용기 하나만 굳건하게 지니고 있으면 어떤 경쟁에서도 이기게 되고 또 그게 반복되면 어느덧 영업의 지존이 된 자신을 만나게 될 것이다.(내가 그랬다.)

16 * 무조건 치장하라!

동서고금을 막론하고 자기 관리에 실패한 여자에게는 아무도, 절대로 점수를 주지 않는다. 화려하게 꾸미라는 말이 아니라 아주 기본적인 자기 관리에 신경을 좀 쓰라는 얘기다. 내가 보기엔 이 기본에 소홀한 여자들이 생각보다 많다. 스타킹 올이 나갔다든가, 구두 뒤축이 헐어 있다든가, 구두가 더럽다든지, 옷에 뭐가 묻었다든가, 눈썹이나 손톱이 엉망이라든가, 화장이 번졌다든가, 이에 이물질이 보인다든가, 눈곱이 끼었다든가, 맞지 않는 옷을 입어 살이 흉하게 삐져나온다든가, 어울리지 않는 패션으로 상대방을 민망하게 한다든가, 땀 냄새인지 입 냄새인지 요상한 냄새를 풍긴다든가, 점심 시간에 먹은 음식 냄새를 묻힌 채 고객을 만난 다든가, 전날 술을 얼마나 마셨는지 입에서 술 냄새가 풀풀 풍긴다든가, 일일이 열거하기 힘들 정도로 허점을 보이는 여자들을 보면 안타까워 죽겠다. 사람들이 '살다보면 그럴 때도 있는 거지' 하며 대충 용인해줄 것 같은가? 당신의 완벽한 착각이다. 상대방은 머릿속으로 당신의 매너 혹은 센스 점수를 팍팍 깎고 있는 중일 것이다.

실제로 자기 관리를 철저히 잘하는 사람이 일도 깔끔하게 잘 처리한다. 내가 단골로 가는 커피숍이 있었는데 거기 서빙하는 여직원이 참 예쁘고 일도 야무지게 잘하는 것 같아서 눈여겨보던 터에 다니던 회사의 사무직에 공석이 생겨 전격 채용한 일이 있었는데, 어찌나 일을 잘하는지 '역시 눈에 보이는 건 중요해.' '역시 외모도 능력이야.' 하며 무릎을 쳤던 경험이 있다. 그러니까 자기를 소중하게 생각하고 치장할 줄 아는 사람은 일이나 사회 관계에 있어서도 그 소중함을 알고 프로답게 임한다는 거다. 이런 작은 차이가 늘 큰 결과를 가져온다는 것을 기억하시길……. 사람 만나는 게 일인 영업자라면 이러한 기본적인 자기 관리에 어느 정도로 애를 써야 하는지 그 중요함에 대해서 더는 강조하지 않겠다.

17 색다른 연출로
고객을 놀래 켜라!

인간이란 종족은 다들 비슷비슷하게 생겨먹어서 일정 기간 친분을 유지하고 지내면 그 사람을 다 안다고 착각할 때가 있다. 심지어는 어떤 사람을 몇 번 보지도 않고서 유형화하는 경우도 있지 않은가. 때때로 사람들 사이에는 신비감과 긴장감이 유효할 때도 있는데 우리는 어른이 되어갈수록 사람을 판단하는데 시간과 공을 들이는 것을 싫어하는 것 같다. 그래서 말인데, 고객과의 사이에 신비감이나 긴장감이 없어지고 서로 소홀하게 된다고 느낀다면, 평소와 다른 행동이나 차림으로 고객을 놀라게 해줄 필요도 있다.

딸 운동회가 있던 어느 날. 운동회가 끝날 무렵 A사 고객

시스템에 장애가 났다는 전화를 받았다. 시스템 장애란 이 계통에서는 천재지변에 해당된다. 운동회고 뭐고 그야말로 버선발로 헐레벌떡 고객 회사로 뛰어갔다. 물론 복장은 청바지, 티셔츠, 모자, 선글라스, 완벽한 캐주얼 차림. 딸 운동회 끝나고 와서 복장이 이렇다고 설명하니 미안해하면서 감동 받은 그 고객의 표정이란. 늘 정장 차림을 고수하는 나의 캐주얼 차림을 본 그 고객은 신선함을 느꼈는지 이후에도 종종 '캐주얼 정말 잘 어울리시는데, 가끔 한 번씩 입어주세요~!'라고 너스레를 떨며 친근한 사이로 발전했고 우리의 우정에는 새로운 국면이 시작되었다.(아무래도 내 캐주얼한 복장이 멋있었는가 봐.ㅋㅋ) 그 후에는 나를 일하는 열정이 남 다른 성실한 영업사원으로 동네방네 소문을 내주기까지 했으니 이 얼마나 일석이조의 성과인가.

　나의 기분을 종종 리프레쉬할 필요를 느끼는 것처럼 우리는 주변 사람들과의 관계에도 그런 신선한 충격 요법이 필요하다는 것을 알아야 한다. 안 하던 짓을 하면 죽을 때가 됐다는 말이 있지만, 신비감을 위해서 가끔 안 하던 짓도 할 필요가 있다고 본다.

18* 악수를 꼭 하라

영업인이라면 누구나 공감할 고민 중에 하나는 고객과의 거리감을 어떻게 없애고 친근한 인상을 줄 것인가 하는 문제다. 여러 방법들이 있겠지만 특히 여자 영업자의 경우 고객이 남자일 때 악수하기를 권하는 바다.(가급적이면 손 관리, 너 일 케어도 받고 고객을 만나기 직전 손을 꼭 씻고 핸드크림을 듬뿍 발라라…….) 적절한 터치와 스킨십의 효과에 대해서라면 굳이 책에서까지 말하지 않아도 각자가 이미 알고 있을 터. 여자 쪽에서 먼저 다정한 인사와 함께 손을 내밀면 남자들은 100% 무장해제 된다. 의외로 여자들의 예쁜 손에 매력을 느낀다는 남자들이 많다.(가슴이나 다리가 아니라~!) 고객과의 거리감을 좁혀놓으면 일 얘기를 꺼내기가 얼마나 쉽겠는가. 다만 쓸데없는 터치로 가볍게 보이는 일을 주의할 것!

언젠가 어떤 고객이 손이 참 부드러우시다며 꽉 잡고 한참을 놔주지 않아서 진땀을 뺀 기억이 있다. 물론 그 고객은 그날 이후 완전히 내 편이 되었지만~.(여자들은 반지를 끼기 때문에 손을 꽉 잡히면 얼마나 아픈지 모른다. ㅠ.ㅠ 남성분들, 주의해주세요~!)

19* 능력은 기본,
매력은 필수!

박진영 사단의 연예인들을 보면 빼어난 미남 미녀들은 아
니지만 '볼매(볼수록 매력 있는 사람)'들이 많다. 박진영은 연예인
을 발굴할 때 그만큼 인간적 매력, 호감도가 얼마나 있는가를
본다는 것이다. 영업을 하는 사람들도 박진영에게 면접을 본
다면 반드시 성공할 영업자를 뽑아 낼 것 같다. 그만큼 영업이
라는 일에 인간적인 매력은 단연 으뜸가는 과제인 것이다.

이 매력에 관한 항목은 말하면 입 아픈 얘기긴 하지만 자기
스타일 생각 안하고 무작정 뛰어드는 사람들을 위해서 말해주
지 않을 수가 없다. 영업 바닥에는 연애 잘하는 애들이 영업도
잘한다는 속설이 있다. 주변에 연애 잘하는 사람을 한번 봐라.

미모가 미스코리아나 배우 뺨친다고 연애를 잘하는 게 아니다. 인간적 매력과 호감도가 높은 사람들이 연애를 잘하지 않는가! 사람을 만나 딜을 해야 하는 영업이라는 직업의 특성상 누구나 만나고 싶고, 만나면 편하고, 뭐 하나라도 더 퍼주고 싶은 인간적 매력으로 무장한 사람이라면 성공 보장 아니겠는가. 스스로가 인간적 매력이 없다는 생각이 든다면 사설 학원을 다니던가, 주변에 '볼매'들에게 사교육이라도 받아라.

좀 부끄러운 얘기긴 하지만 나의 성공 비결 역시 인간적 매력도 한 몫을 했다고 본다. 그밖에 몇 가지 비결이 더 있으니, 차츰 밝히기로 하고…….

20 * 탤런트 기질 VS 모자란 어눌이

　탤런트 기질이 있는 사람이 영업을 잘한다는 말이 있다. 또 어눌하고 모자라 보이는 영업자에게 신뢰가 간다는 얘기도 있다. 아마도 받아들이는 사람의 구미에 따라 좋아하는 영업 스타일이 따로 있는가 보다. 그러니 더 많은 고객에게 어필하고 싶은 욕심쟁이 영업자라면 고객 구미에 맞춰서 카멜레온이 돼야 하는 걸까?!

　최근에 보아하니 유머 감각이 있는 영업자들이 고객에게 인기 절정이던데, 유머 감각이 취약한 나, 지금부터라도 노력해 볼까나! 기질과 성정이 아무리 바꾸기 힘들다고 해도 고객에게 어필하기 위함인데 주변 분위기 봐서 적당히 자기를 바꾸는 노력도 해보자는 말씀.

21 *

땡땡이가 문제가 아니라
그 시간에 무엇을 하느냐가 문제다

9 to 6로 사무실에 상주하는 일이 아니라 수주를 위해 발로 뛰어다니며 고객을 만나는 영업인의 경우 업무 시간을 풀로 가동할 필요가 없기 때문에 소위 말하는 '땡땡이'라는 게 암묵적으로 인정되는 분야다. 이동 시간을 빼면 고객을 만나는 일이 전부인 영업인들에게 당연히 쉬는 시간은 있어야 한다고 본다. 하지만 그러한 리프레쉬refresh의 시간을 오용, 남용하는 일부 남자 영업자들 때문에 영업계 전체가 싸잡혀 '땡땡이 족속'으로 오해받는다. 사우나, 마사지는 물론이고 최근에는 여관까지 드나든다는 오명에 시달리는 이놈의 '땡땡이'는 당장 '재충전'의 시간으로 돌려 써야 한다고 주장하는 바다.

사실 수주 받으러 돌아다니며 사람들에 치이다보면 머리가 하얘져 아무 생각이 나지 않을 때가 있다. 그럴 때는 차라리 휴식을 취하며 뭔가 생각하고 재충전하는 시간을 갖는 게 낫다. 어떤 영업 대선배는 이런 말을 한다. "한가할 때 한강에 앉아 있다 온 영업사원이 하루 종일 돌아다녀 입에서 단내가 나는 영업사원보다 훨씬 실적이 좋다." 영업을 하다보면 고객 만나는 게 자동화 프로그래밍 되어 아무 생각 없이 무작정 돌아다니곤 하는데, 이럴 때 역효과가 나기도 한다는 말씀되시겠다. 어제 만난 고객을 오늘 또 만나러 가면 고객 입장에서는 부담을 느끼게 되고 때론 영업자를 피하기까지 한다. 그러니 진종일 생각 없이 열심히 돌아다니기만 할 게 아니라 전략과 계획을 짜는 시간이 필요하다는 말이다.

그렇게 센스 있는 영업을 하기 위해서 '재충전'의 시간은 필수다. 그런데 재충전도 재충전 나름이지 업무 시간에 사우나, 마사지는 왜 가나 모르겠다.(사실 여자들은 화장까지 다시 손봐야 하기 때문에 사우나는 절대 못 간다.) 그 시간을 자기 계발을 위한 재충전에 쓰면 누가 잡아가나?! 마음이 지치고 힘들 때 특히 사람들한테 치여서 의기소침해 질 때 머리도 식히고 동시에 자신의 가치도 높이는 일은 널렸다. 개인적으로 자투리 시간에 서점 순례, 시장 구경을 강추한다.(좋은 아이디어나 문제의 해결책은 늘 이런 데서 나온다.) 특히 고객을 기다릴 때 남는 시간을 이용해서 전망 좋은 카페에서 독서를 하면 2일이나 3일에 책 한 권은 읽을 수 있다. 자~! 여자들이여~! 여자 영업자의 땡땡이를 남자들의 그것과 활력 있게 차별화하여 영업 바닥을 접수하자.

22* 남자들이 판치는 영업조직은 '패거리 마초' 그 자체, 조폭이 되라

사실 많은 여자 영업자들이 남자들이 접수하고 있는 영업 바닥의 패거리 마초 문화를 못 견디고 일을 그만두곤 한다. 그들이 집단적인 행동으로, 위협적이고 권위적인 방식으로 당신을 누르려 한다면 조폭 마인드로 박살을 내버려라. '저는 너무 착하고 예쁘게 자라서 어떤 게 조폭 마인드인지 몰라요.' 하는 여자들은 상대편 남자가 하는 그대로 해주면 된다. 욕하면 같이 욕하고, 씹으면 같이 씹고, 왕따 시키면 내 쪽에서 다시 왕따 시키고, 뒤통수 치면 만천하에 그 사실을 알리고, 위협을 가하면 냅다 되받아쳐라. 참으면 더 기고만장하는 게 남자들이다.

세상일 참 내 맘대로 안 되듯이 이놈의 조폭들을 대할 때도 난감하긴 마찬가지다. 여자가 남자 방식으로 들이대면 성질 더럽다는 소리를 하고, 그냥 참고 넘어가려고 하면 선을 넘어 비집고 들어와 막 대하기 일쑤다. 그러니 참다 참다 선을 넘는다 싶으면 '삑' 하고 울리는 부저를 만들어 둬라. 그러니까 어느 정도 선까지는 찧고 까불게 내버려 두다가 선을 넘는다 싶으면 지킬 박사와 하이드처럼 두 얼굴을 보여주는 거다.(내 안에 두 얼굴이 있다는 건 영업을 하고 나서 알게 된 사실이다.) 그렇게 한번 '버럭!' 해주고 나면 거친 바닥에서 생활하기가 엄청 편해진다.

나의 두 얼굴은 초등학교 시절로 거슬러 올라간다. 자꾸만 괴롭히는 남자애가 있었는데 그냥 조용히 참다보니 괴롭히는 강도와 횟수가 세지고 빈번해지는 거였다. 이렇게 계속 시달리다가는 내 정신 상태가 피폐해질 것 같아서 어느 날 '너 나한테 한번 죽어봐라.'는 심정으로 달려들어서 아작을 낸 적이 있다. 그 다음날 엉망진창 말이 아니었지만 나는 당당히 학교에 나갔고 그 애는 결석을 했다. 그다음부터였나, 그 아이가 매 맞은 구렁이처럼 나를 슬슬 피하기 시작했던 게. 아마 나의 조폭 정신의 원류는 그때 시작된 게 아닌가 싶다. 나로 말하자면 건들지 않으면 천사요, 이유 없이 건드리면 조폭인 거다.

영업 바닥에 '잘나가는 팀 분열되고, 실적 없는 팀 소멸된다.'는 얘기가 있다. 예전에 다니던 회사에서 내가 이끌던 팀이 한창 주가를 올리고 있을 때의 일이다. 내가 딜을 하고 있던 일에 옆 팀 팀장의 오른팔인 사람이 갑자기 끼어들어 언성이 높아졌다. 하극상도 그런 하극상은 없다. 아무리 자기 팀 팀장이 아니어도 위계질서가 있는 법. 아마도 나를 직접 갈굴 수 없었던 그 팀의 팀장이 자신의 오른팔을 이용했던 것이리라. 이럴 때는 절대로 참고 있어서는 안 된다. 나는 당장 상부에 보고를 하고 아예 회사를 나가지 않았다. 결국 그 팀은 회사에서 분사되었고 잘 나가는 우리 팀은 보무당당히 자리를 보존했다. 그러니까 내 말은 조폭에게는 조폭이 되어 응수하는 게 맞다는 거다.(왜 그래야 하냐고요? 당신은 소중하니까요. 싸움은 기로 하는 거고, 영업자가 기 눌리면 인생 끝이다.)

이도 저도 싫으면 앞에 나온 원칙, '남자들의 세계에서 기꺼이 왕따가 되라.'는 것을 상기하고 아예 무시해버리는 것도 좋은 방법~!

23* 남자들이 뒷담화를 더 즐긴다?

위에서 남자들의 패거리 마초 문화에 대해 말했듯이 남자들의 영업 스타일을 잘 파악하고 잘 응수하면 모든 계약은 여자들의 몫이다. 이 항목은 남자들의 뒷담화 문화에 대해서다. 실제로 영업 현장에서 느낀바 여자들보다 남자들이 뒤에서 남 욕하는 것을 더 즐긴다. 원시시대부터 남자라는 종족의 DNA 특성이 일단 싸움이 났다 하면 누구 하나는 죽어 나가야 하기 때문에 전면 대결을 피하고 뒤에서 간접적으로 공격하기를 좋아하는데, 그런 경향이 뒷담화로 나타나는 거란다. 그러니까 우리 여자들은 남자들이 모여서 남 얘기하고 있을 시간에 유쾌하게 영업을 하고 다니면 된다. 어딘가에서 남자들이 속닥거리고 있다면 졸대로 신경 쓸 필요 없다. 저것들 또 남 얘기 하고 있구만, 두시해 주시고 우리는 고객들 만나서 거래를 나누면 그만이다. 누가 당신 앞에서 다른 사람을 씹는다고 생각해봐라. 그 사람이 언제 어디서 당신을 씹고 있을 지 누가 알겠는가. 남 얘기 잘하는 사람은 무조건 멀리하고 볼 일이다.

24 영양가 없는 고객에게도 밥을 사라

살다보면 여러 가지 이유로 힘이 쭉 빠지는 때가 있다. 오랜 기간 만나 우정과 신뢰를 쌓고 지낸 사람이 타 부서로 발령이 나거나 아예 다른 분야로 이직을 했을 경우가 그렇다. 이럴 때 대부분 영업자들은 등을 돌리고 인연을 끊어버린다. 하긴 누가 이런 일에서 정말 김빠지지 않을 수 있을까. 하지만 나는 그러지 않았다. 인연을 소중히 여기는 내 성격도 한 몫을 했겠지만 정말 진심으로 그 사람에게 응원을 보냈다. 책 한 권 선물하며, 따뜻한 커피 한잔하면서 "다른 데 가시더라도 저 잊지 마시고 필요하신 일 있으시면 연락주시기 바랍니다." "이 부서에서도 잘 하셨으니 다른 부서로 가시더라도 훌륭히 해내실줄 믿습니다." "부디 건강하고 행복하소서……." "그동안 너무 감사했습니다. 앞으로 무궁한 발전이 있으시길 바랍니다." 하고 정중하게 충심으로 인사를 했다. 이런 식으로 하고 나면 그 고객의 상태는 완전 감동의 도가니. 그리고 기존에 있는 직원들에게 나에 대해서 엄청나게 칭찬을 하고 떠나는 '그분'. 그분이 떠나도 내가 일하는 데는 아무 문제도 없게 된다.(아니, 오히려 더 편해지기도 한다.) 그런데 더 기가 막힌 건 그분이 다시 엄청난 파워와 구매력을 가지고 어느 날 불쑥 나의 고객이 되어 나타나더라는 것이다. 마지막까지 좋은 인상을 남겼던 내게 주어진 절호의 기회에 대해서는 말해 뭐하랴.

아무리 바쁘고 지쳤더라도 당장 눈 앞의 오더만 좇아 다니지 말고, 남들이 신경 안 쓰는 부분에 소소하게 마음을 써보자는 거다. 미리 가서 길목을 지키고 있는 사람이 이기게 되어 있다. 나무만 보지 말고 숲을 보라! 조금은 크게 멀리 보는 마인드가 영업에는 절대적으로 필요하다.

25* 막강 파워 고객일수록 할 말은 해라

우리 인간의 한계라면 한계일까. 강자에게 약하고 약자에게 강하고?! 과연 '나는 그렇지 않다.'고 자신 있게 말할 수 있는 사람이 얼마나 있을까. 자, 여기서 또 하나의 원칙이 나올 수 있다. 기실 모든 인간이 그렇다면 나는 한번 반대로 해보는 거다. 강자—부자 쯤으로 생각하자—에게 모두가 약하게 굴고 비위 맞출 때 나는 강하게 나가보는 거다. 모두가 굽신거리는데 나만 당당하게 객관적 자료를 토대로 할 말 다하고, 내 위주로 설명하면 그 막강 파워 부자 선생님이 살짝 놀라면서 이렇게 말하실 거다. "거, 참, 신뢰가 가는 구만, 계약합시다." (귀공자 꼬시는 모든 드라마에서 평범한 여자애가 세게 나가면 귀공자님 바로 넘어와 주시지 않던가.)

아, 역시 드라마는 드라마일 뿐인가! 이런 썰을 풀고 있지만 사실 난 막강 파워 고객 앞에서 항상 한없이 작아지기만 하는 사람임을 이쯤에서 고백한다. 일과 관계없는 사람들한테는 할 말 다 하면서도 잘 나가는 고객 앞에서는 완전 꼬랑지 내리고 '딸랑딸랑' 하고 있다. 그러니까 이 항목은 내가 그렇게 못했기 때문에 여러분에게 특별히 추천하는 거라 할 수 있겠다. 막강 파워 고객에게 세게 들이댔다가 발주 끊겨도 저는 책임 못집니다.ㅠㅠ.ㅠㅠ(어떻게 우대하신 고객님께 할 말을 다 할 수 있을까. 사실 난 목에 칼이 들어와도, 때려죽인 대도 못할 것 같다.)

반면, 약자—거의 수주 나올 일 없는—한테는? 오랜 친구처럼 해주면 좋다. 맛있는 거 많이 사주고 세심하게 챙겨주고……. 사실 약자라고 할 만한 입장에 있다면 누구든 아주 작은 것에 눈물까지 흘리며 감동 먹게 된다. 그 사람이 나중에 성공한다면, 당신이 챙겨주길 얼마나 잘했던가 하고 가슴을 쓸어내리게 될 테다.(실은 그런 일은 거의 일어나지 않지만…….)

26* 분석적이고 논리적인 고객에게는
무대뽀로 들이대라!

인생을 논리로 무장한 사람들이 있다. 그들은 찔러도 피 한 방울 안 나오게 생겨먹어서 여간 다루기 힘든 게 아니다. 아무리 머리 쓰고 작전 짜서 다가가도 예의 투철한 분석과 논리 앞에서 기가 죽게 된다. 그 어떤 사람도 논리로 한세상 살겠다고 작정한 사람보다 논리적일 수가 없다. 그런 사람들은 타고나기를 그렇게 타고났으니 논리로 이길 생각을 말자는 거다. 아이러니하게도 그런 사람들의 아내들을 보면 다혈질이 많다. 자기가 꽉 막힌 걸 알긴 아는지 동반자는 정반대의 '무대뽀 다혈질'을 선택하는가 보다.

그러니 가장 유효한 전략은 '나는 아무 것도 몰라요. 당신이 다 맞아요. 그러니 일이나 한 건 주시지요.' 하고 들이대는 것뿐이다. 그런 유형의 특징은 '그래, 니가 뭘 알겠니?' 하고 눈 아래로 상대를 볼 때 인생의 희열을 느끼고 관대해진다는 거다. 절대로, 절대로 이겨 먹을 생각을 하지 말라. 그저 무식하게 멍청하게 들이대고. 동정심을 유발해 일을 따내는 게 최선책이다. 이런 상대를 녹이는 가장 좋은 방법은 내가 그를 두려워하고 있다고 믿게끔 만드는 것이다.

HP와 거래를 진행하다가 난관에 봉착한 적이 있다. 그분은 엘리트 출신에 찔러도 피 한 방울 안 나올 정도로 일에 대해 철저하고 정확한 사람이었다. 사정이 생겨 구입한 장비를 돌려보내고 다시 오더를 진행해야 했다. 설상가상으로 장비 반품도 불가능한 상태. 그때 나는 어디서 그런 용기가 나왔는지, 단도직입적으로 말했다. "내가 아무리 노력해도 부장님보다 더 정확하고 논리적이고 분석적일 수는 없어요. 무조건 깎아 주세요. 아니면 저 이 거래에서 100% 손해 봅니다." 긴 말과 설명 없이 강하고 짧게 들이댔더니 결과는 대성공! 가격을 엄청나게 깎았고 나는 괜찮은 마진을 남긴 짭짤한 거래를 성사시켰다. (앗싸!)

27* 노발대발하는 고객에게는
적극적으로 깨져라!

　사람이 하는 일에는 언제 어디든 사고의 가능성이 열려 있다. 제 아무리 완벽한 일처리를 자랑하는 사람이라도 기계나 장비가 말썽을 일으키거나 해외 본사에서 납품이 늦거나 하는 데는 어쩔 도리가 없는 거다. 일단 문제가 발생하면 고객들은 기승을 부릴 수밖에 없다. 원래 고객이란 그런 역할을 맡은 사람들이다. 발생한 문제 자체도 문제거니와 그동안 쌓인(그것이 어디서 쌓인 건지는 아무도 모르는) 분노를 '때는 이때다' 하고 푸는 사람들도 많이 봤다. 그렇게 분노 게이지가 만땅 차오른 고객 앞에서는 어떠한 변명도 소용이 없다. 모든 사고는 어떻게든 수습되기 마련이니 일단은 상대의 화를 가라앉히는 게 상책이다. 완벽한 죄인의 얼굴로 완벽하게 납작 엎드려라. 깨면 깨는 대로 무조건 수긍하고 최선을 다해 미안해하며 혼내는 사람의 기분을 완전히 맞춰줘라. '내 잘못이 아닌데…….', '확 들이받어?!' 따위의 생각은 절대 금물이다. 공교롭게도 혼내는 사람은 혼나는 당신이 무슨 생각을 하는지 다 안다. 나 먹여 살려주는 밥줄인데, '모두가 내 탓이오~!' 하는 게 뭐 그리 어려운가?!

그런 열악한 상황에서도 나는 손에 먹을 것을 잔뜩 싸들고 들어가는데 그것도 혼나는 시간을 살짝 줄여주니 활용해보라. '폭풍이 치면 돛을 내리고 그냥 가만히 있어라.' 했다.

28 [*] 갑보다 한 수 위?
병을 챙겨라!

    비교적 큰 규모의 기업('갑')과의 일에서는 반드시 넘어야 할 산이 바로 '병'이다. 우리네 업계에서는 '톨게이트'라는 표현을 쓰는데, 그 사람들이 중간에서 결정권자를 대신한 업무 대행을 하면서 가끔 사람을 미치게 하는 일이 있다. '갑' 행세를 뛰어넘는 상전 행세를 하는 데 도리 없이 당하게 된다. 정말이지 다루기 힘든 고객은 갑이 아니라 병이라는 말이 업계에서 떠도는데, 사실 직접적으로 만날 일이 거의 없는 '갑'보다는 이 '병'을 잘 커버해야 된다. 그러니 이 병을 갑이다 생각하고 잘 챙기면 없던 떡도 생긴다는 얘기. 아니꼬워도 웃고, 짜증나도 웃고, '니가 뭔데!' 싶어도 웃고, 무조건 잘해라!

도저히 못하겠다면 그건 당신에게 문제가 있는 것이다. 사실상 목표는 다루기 힘든 '병'이 아니라 '갑'이라는 걸 기억한다면 무엇이 어려운가. 통행료 받겠다는 치사스런 사람들에게 스트레스 받지 말고 너그럽게 굴자. 우리는 종종 별 것도 아닌 일에 진땀 빼다가 핵심을 놓치곤 한다. 그런 우를 범하지 말라. 무탈하게 '병'을 지나쳐야만 당신의 최종 목표인 '갑'과 손을 잡을 수 있다는 것을 명심하라.

29 [*] 나랑 기가 안 맞는 사람은
다른 사람을 소개시켜라

이 항목은 '영업의 롤 플레이'에 대한 이야기인데, 한마디로 나랑 기가 딱 맞는 고객에게 들이대라는 얘기다. 나 한영수는 깐깐한 고객 전담반으로서 술과 여흥 없이도 영업의 일인자가 된 케이스인데, 그런 고객들이 나랑 기가 잘 맞기 때문이라고 결론지을 수 있다. 이를테면 깐깐한 스타일의 고객들은 살짝 사회성이 떨어지는 편이다. 그들은 원칙적인 접근이 통하고, 일처리를 깔끔하게 하는 것을 좋아하고, 자기 관심사에 나도 관심을 가지고 진지하게 얘기를 나눠주면 마음의 문을 활짝 열며, 거짓말하는 것을 제일 싫어하고, 그들에게 꼼수부리다 걸리면 한마디로 끝장난다. 비교적 솔직담백하고 진지한

편인 내가 그들과 궁합이 잘 맞는 건 당연한 일이다. 개인적으로 내가 관심을 가지고 있는 재테크라든가 건강 문제에 대해서 그들과 진지하게 얘기를 나누다보면 나도 재미있고 상대방도 재미있어하고, 또 내가 잘 모르는 화제에 대해서 공부하는 자세로 열심히 들어주면 정말 좋아하는 게 그들이다. 그러니 영업이 안 될 수가 있겠는가.

언젠가 호방한 마초 스타일의 고객을 만났는데, 그 기에 눌려 집에 와 시름시름 앓은 적이 있다. 이런 스타일의 고객들은 여자도 싫어하고, 말쑥한 남자도 싫어한다. 그저 함께 어깨동무하며 호탕하게 한판 놀아 제낄 막걸리 타입이 '딱'인 것이다. 그래서 나는 바로 후배에게 그 고객을 넘겼고, 그 둘은 지금까지도 호형호제하며 잘 지내고 있단다.

그러니 영업에 종사하는 사람들이여, 아무에게나 나를 맞출 수 있다고 큰 소리 치다가 병나지 말고 나와 기가 맞는 사람을 집중적으로 관리하고 뚫어라. 제 아무리 당신이 불편함을 숨기려 애써도 상대는 다 안다. 고객이 불편해 하는데 어찌 영업이 되겠는가!

30* 여자 고객이 더 힘들다?

　이건 나만의 특수한 상황에서 생기는 일인지도 모르겠지만 과감하게 항목을 만들었다. '여자의 적은 여자!'라는 금언도 있듯이 한번쯤은 생각해보면서 경각을 할 필요가 있다고 본다. 성적 기능이 정상인 사람이라면 동성보다는 이성에게 더 관대해지는 경험을 한번쯤은 해보았을 것이다. 마찬가지로 동성에게 경쟁의식을 느낀 경험이 없다면 거짓부렁 되시겠다. 그러니 외모 훌륭하고 사회적 능력까지 출중한 여자에게 같은 여자가 갖게 되는 질투와 시기, 피해의식은 생각보다 거칠다. 그래서인지 같은 여자들이 나를 밀쳐낸다는 느낌을 여러 번 받았고, 지금도 나는 남자들 앞에서보다 여자 고객들 앞에서

더욱 긴장하게 된다. 이 문제에 대한 해결책은 딱히 없지만 영업을 하는 여자라면 여자 고객을 대할 때 그들의 마음 저 깊숙한 곳의 경쟁의식을 불러일으키지 말 것을 권한다.

여자 고객이 나를 힘들게 하는 또 한 가지 이유. 남자들과는 일 얘기를 깔끔하게 끝내고 경제나 사회문제에 대해 짧게 담소 좀 나누다가 '쿨하게 안녕' 하는 반면, 여자들의 경우 일단 일 얘기는 뒷전이고 수다를 끝낼 줄을 모른다. (재미도 없는) 사사로운 이야기를 늘어놓으며 인생 상담을 하자고 들거나 밤이고 새벽이고 전화를 불쑥해서는 (정말 관심 없는) 남자 고민을 털어놓는다거나 (정말 하품 나오는) 하루 일과를 떠들어 댄다거나…….(지친다 지쳐~!) 그렇게 지겹고 지루한 수다로 사람 진 빼는 여자 고객들의 공통점은 하나, 결국 일 얘기는 꺼내보지도 못하고 거래 따위는 절대로 성사되지 않는다. 참고로 나는 여자들이 심정적으로 의지하고 기대려 하는 성향이 정말로 부담스럽고, 재미도 정보도 없는 수다에 엮이는 건 진짜 싫다.(안 그래도 별로 없는 나의 여자 고객들~, 이를 어쩌나 ㅠ.ㅠ)

나와 같이 일하는 남자 직원 중에 '짝퉁 배용준'이라는 별명을 가진 잘~생긴 직원이 하나 있다. 실제 그 직원이 나에 비해 여자 고객에게 100배는 더 강하다. 그 직원 대신 거래처에 방문할 일이 있었는데 그 여자 고객 왈 "굳이 오지 않으셔도 되는데~"하며 말끝을 흐려 심히 서운했던 기억도 있다. 그래서 나는 나와 성향이 맞는 남자 고객 중심으로 거래 라인을 만들기로 방향을 바꿨고 결과는 아주 성공적이었다. 만일 당신이 나와 같은 고민을 하고 있다면 굳이 여자들 틈바구니에서 진 빠지는 소모적인 영업은 때려치워도 좋다. 세상은 넓고 고객은 많다.

31* 칭찬과 찬사는
고객도 춤추게 한다

    계속 반복해서 얘기하지만 남자 영업자들이 기질적으로 잘 못하는 걸 여자들이 잘 치고 들어가 승부하면 영업 승률은 120% 달성이다. 여기 결정적인 남자들의 허점이 있으니, 잘 참고하시고 승리를 거머쥐시길……. 바로 칭찬과 찬사를 보내는 일에 관한 것인데, 이 나라에서 마초로 교육 받고 자란 남자들은 칭찬과 찬사를 낯 간지러운 입바른 소리라고 생각한다. 칭찬과 찬사가 설령 남자들이 생각하는 대로 낯 간지러운 입바른 소리라 할지라도 우리 여자들은 해보는 거다. 세상에 누구도 칭찬과 찬사를 기분 나빠할 사람은 없다. 개인적인 통찰이자 확신인데, 칭찬과 찬사를 좋아하지 않는 사람은 없다.(겉으로는 말뿐인 찬사 따위 안 믿겠다는 단호한 표정을 하고 있는 사람도 속으로는 좋아 죽는다.) 상대가 낯 간지럽다고 느끼든 말든 멋진 찬사를 날려보자. "오늘 분위기가 정말 귀공자 같으신데요." "정말 소년 같은 구석이 있으세요." "팀장님 일하는 모습 진짜 열정적이세요." "요즘 연애하세요? 왜 이렇게 자꾸 멋있어지세요." "어쩜어쩜 그렇게 위트가 넘치세요." "부장님이랑 있으면 정말이지 시간 가는 줄을 모르겠어요." 감동을 잘 아는 여자라는 종족의 칭찬과 찬사는 진심에서 우러난 경우가 많으니, 그녀의 고객들은 춤을 출 수밖에……

32 고객의 개가 되라

영업하는 사람에게는 그 회사 사장이 아니라 고객이 나의 밥줄을 책임지는 사람이다. 그런 고객의 개가 되어, 그를 위해 살아라. 기꺼이 딸랑이도 되고, 광대도 되고, 고객의 편익을 위해서라면 기꺼이 대신 싸워주는 충실한 한 마리의 개가 되라. 이 이상 어떤 조언이 필요하겠는가!

고객사에서 시스템 장애가 났다고 노발대발할 때 그 원인을 알고 보면 '휴먼 에러human error(기계 상의 문제가 아닌 사람의 실수로 발생된 문제를 말한다.)'인 경우가 많다. 하지만 가끔은 고객의 실수를 납품업체의 실수로 자발적으로 각색하기도 한다. 고객을 위해서라면 매도 다신 맞아주는 훌륭한 자세라 할 수 있겠다.(자주 맞다보면 맷집도 세진다는…….)

　여기 눈물 없이 못 볼 정도로 고객 중심적인 삶을 실천하고 사는 한 남자 영업자의 라이프사이클을 보라. 그의 별명은 '5분 대기조'다. 고객이 부르면 언제든지 어디서든 무슨 일이든 달려 나가는 '짱가'인 것. 집에서 자고 있다가도 고객이 전화하면 한밤중에도 뛰어 나가고, 고객 회사에 방문할 때도 시간 약속 없이 아침부터 가서 죽치고 기다리다가 고객님 시간 되실 때 알현하고, 관리하는 모든 고객들한테 매일 전화해서 안부 묻고, 하루 진종일 고객 만나러 동분서주하고, 밤이면 술친구가 되어 단란주점에 나이트를 전전하고, 주말이면 고객이 즐겨하는 운동의 동반자가 되어 산악자전거를 타러 간다거나 골프를 치고, 이건 거의 고객과 동고동락하는 수준이다. 대단히 존경스럽고 안쓰러우면서 이런 생각도 든다. 부부도 가끔은 떨어져 있어야 소중함을 안다던데…….

33* 사수와 부사수를 동시에 공략하라!

똑똑한 실무자 하나가 팀장이나 사장을 이긴다는 말이 있다. 그것이 아무리 타당해도 체계를 무시한 채 윗선에서 내려온 명령을 군소리 없이 따를 실무자는 없다. 실무자 자신이 맡은 역할과 임무가 있을 진데 윗사람 맘대로 처리하고자 할 때 그것을 좋아할 사람이 있을까. 인간은 자신의 영역을 침범 당했다고 느낄 때 가장 공격적인 성향이 나온다. 과연 그 복수를 자기 윗사람에게 하겠는가, 윗선을 녹여서 거래를 따낸 영업자에게 하겠는가, 찬찬히 생각해봐라.

요즘처럼 수평적인 사회에서 사장이나 팀장 영업만 하는 영업자들은 구제할 길이 없다. 실무자가 자발적으로 당신과의 거래를 트도록 영업하라. 거기에 윗선의 호응까지 더해진다면 금상첨화겠고.

34 고객의 실수를 내 실수로 만들어라

내가 판 물건에 말썽이 일어나 그걸 산 고객이 회사에서 입장이 난처해진 일이 생겼을 때, 어떤 행동을 취하겠는가?

- 기술적인 문제라며 제품을 만든 제작처 탓을 한다.
- 아무래도 '휴먼 에러'라며 물건을 다룬 고객 측의 잘못이라고 결론 내린다.
- 잘잘못을 따지기가 애매하니 유야무야 넘어가자고 한다.
- 무조건 내 실수이니 잠시 시간을 주면 원상복귀 해놓겠다고 한다.

정답은?! 굳이 말하지 않겠다.

35* 영업,
결국 give & give 원리로 돌아간다

　　인간사 다 그러하겠지만 영업의 논리는 더 간단하다. 받고 싶으면 먼저 줘라! 시간이든 감정이든 간에 퍼주고 또 퍼주다 보면 어느 때고 무엇으로든 나에게 돌아오게 되어 있다.(안 돌아 오면 기부했다고 생각해라. 정신 건강에 이만큼 좋은 일이 또 있을까.) 자, 현재 나에게 충실한 고객들을 떠올려 보자. 동시에 내가 그들에게 들인 공은 어느 정도였는지도 떠올려보자. 어느 한 시절 어떤 배품, 무조건적인 호의, 진심 어린 좋은 감정, 이런 것들이 켜켜이 쌓이고 쌓여 지금의 충성심을 만든 것이다. 조건 없이 베풀다보면 누군가는 호의만 받고 떠나기도 하고, 누군가는 직접적인 도움을 즈지 못하는 게 미안한 마음에 금광

이 어디 있다고 알려주기도 하고, 누군가는 평생 원원하는 관계로 지내자며 금궤를 내밀기도 한다. 그중 누가 나의 충실한 고객이 되어 줄 지 모를 일이다. 다만 한 가지 확실한 건 내 쪽에서 아무것도 주지 않고서는 저 쪽에서 뭔가 주기를 바랄 수 없다는 것. 주고 또 주고 아무것도 기대하지 말라.

36 고객을 위해
진심으로 눈물 흘릴 수 있는가!

　　어느 고객을 찾아갔는데 과중한 업무로 위에 천공이 나서 밥을 먹을 수가 없다고 한다. 나는 진짜 마음이 짠했고, 나도 모르는 사이 눈물이 괫혔다. 내 진심을 본 그 고객이랑 나는 10년이 넘게 서로 '윈윈'하는 관계로 잘 지내고 있다.

　　동서고금, 남녀노소를 막론하고 인류를 관통하는 대철학이 하나 있다. '진심은 통한다.' 진짜다.

37 [*] 쌈닭이 되면
고객을 잃는다

세일즈하는 사람이 고객에게 따지고, 고객이랑 싸우고, 고객을 공격할 일이 대체 무엇인가? 나로서는 알 수가 없다.

38 * 그래도 쌈닭이 되고 싶으면 영업을 포기하라

정의의 사도가 되어 악의 무리에게 맹렬히 공격을 퍼부으면 아무도 당신을 무시하지 않는다. 그런데 딱 한마디만 더 하겠다. 그럴려거든 영업직은 포기하는 게 옳다.

39* 고객을 만나는 꾸준한 루트를 만들어라

고양이에 관한 다큐멘터리를 보았는데 마치 내 모습을 보는 것 같았다. 고양이들은 매일 같은 시간에 같은 장소를 반드시 돌고 온다. 영업자의 고객 관리 비법도 딴 거 없다. 관리하는 고객과의 '관계의 불씨'를 절대로 꺼뜨리지 말라는 말. 고객 방문을 습관처럼 해라. 내 집 드나들듯, 밥 때 밥 챙겨먹듯, 일정한 싸이클cycle과 루트route를 만들고 고양이처럼 하루도 빼놓지 말고 싸이클을 따라 돌아 다녀라. 영업자의 핵심 역량은 고객을 만나는 꾸준한 루트를 개발해 습관처럼 돌아다니는 일, 거기서 나온다. '고객의 대소사는 반드시 챙겨라.'는 말이 있던데, 이건 기본 중의 기본이니 언급할 가치도 없다. 대소사뿐 아니라 그의 하루 일과까지 내 일과처럼 알고 있어야 한다.

나는 고객을 만나러 가는 일에는 절대 소홀하지 않는다. 마치 루트가 자동으로 프로그래밍 된 사람처럼 고객사를 싸이클을 정해두고 돌아다닌다. 오죽하면 한영수가 고객 만나는 성실함은 업계 최고라고 정평이 났을까.

회사에 고객사 다녀온다고 거짓말하고 사적인 일을 보거나, 땡땡이 치고 놀러 다니는 영업자가 의외로 많다. 그런 영업자는 회사에서 아무리 관리해도 어떤 거짓말을 해서라도 땡땡이를 친다. 그런 영업자들, 절대 혼낼 필요 없다. 남은 속여도 자신을 속일 수는 없는 일. 3개월에서 6개월만 지나 땡땡이 영업자의 영업 실적을 보면 100% 들통 난다. 고객사를 꾸준히 더 많이 돌아다닌 영업자가 실적이 좋을 수밖에 없다. 열심히 공부했으면 그 결과 좋은 성적이 나오는 것과 마찬가지다. 공부 열심히 했는데 성적이 안 나왔다고 말하는 학생은 100% 올-인하지 않고 뭔가 딴 짓을 한 거다.

40* 끝까지 물고 늘어져라

영업의 완성은 계약서에 도장 '꽝' 찍는 것이다. 계약의 마무리가 가장 중요하다는 말씀. 고객을 어떻게든 내 편으로 만들어 내가 원하는 것을 뽑아내는 그 능력이 영업의 전부다. 그런데 그 목표를 이루기까지의 길이 멀고도 험난하고 지루하다. 그러다보니 처음엔 의욕적으로 하던 영업자가 용두사미식으로 일을 진행하는 것을 많이 보게 된다. 당신이 영업의 길, 그 지난한 과정에서 지쳐서 나가떨어지면 남 좋은 일만 하는 거다. 목표를 이루기까지 그 과정 내내 성실하게 매진하라.

혹여 목표를 이루지 못해도 고객은 끝까지 물고 있어라. 반드시 다음 기회가 있는 법. 실망은 금물, 한 번 돈줄은 영원한 돈줄이다. 그 고객과의 다음 목표를 세우고 다시 정진하면 된다. 영업자에게는 뒷심도 중요한 덕목. 잊을 일은 빨리 툭툭 털어버리고 그 고객의 다음 거래를 따낼 각오로 무장하면 된다.

　가끔 거래가 깨지면 윗사람에게 거짓 보고를 하는 영업사원들이 있다. 거래가 진행되다가 그쪽 회사 내부 예산이 날아갔다고 하는 사람도 있고, 담당자가 바뀌어서 다른 회사로 넘어갔다고 하는 경우도 있고, 거래 내용과 전혀 다르게 소설을 쓰는 사람들도 있다. 거래를 성사시키지 못해 팀장에게 깨지더라도 사사로운 자기 의견은 버리고 사실만을 정확하게 보고하라. 그래도 고객을 놓친 것이 아니니 나를 믿고 다음 거래를 기다려달라고 당당하게 말하라. 거짓 보고 하다가 훌륭한 거래처를 윗선이나 다른 영업자에게 뺏기고 싶은가? 종국에 거래를 성사시키기 위해서는 끝까지 물고 늘어져 내 거래처로 관리해야 하지 않겠는가.

41 고객의 관심사에 대해 공부하라

　영업하는 사람을 무식하다고 말하는 사람들이 많다. 왜 그런 얘기가 떠도는지 모르겠고 알고 싶지도 않지만 이제 정말 무식하게 영업하는 시대는 갔다. 고객들이 얼마나 똑똑하고 예리하고 영리해졌는데 무식하게 물건만 들이대는 영업자는 더 이상 비전이 없다. 바야흐로 '공부하는 영업'의 시대가 온 것이다. 고객과 만나서 일 얘기는 5분이면 끝난다고 본다. 그렇다면 어떤 이야기로 시간을 재미있게 보내며 고객 감동을 실천할 텐가. 무식을 들키거나 고객을 지루하게 만들고 싶지 않다면 고객의 관심사를 미리미리 공부해둬라.

　실제로 나는 호기심도 많고 자기 계발 욕구가 커서 책도 많이 보는 편이고, 여기저기 강좌도 많이 듣고, 사설 학원도 많이 다닌다. 어떤 고객이 어디에 관심 있을지 아무도 모를 일. '잡학' 다식 공부한 내용을 바탕으로 고객의 관심사를 파악하고 그에 딱 맞는 얘기를 재미있게 나눠줄 때 흥분한 고객의 표정이란. 특히나 고객들의 반응이 좋은 분야는 건강과 재테크(최신 트렌드를 꾀고 있어야 한다.), 골프, 정치, 군대 이야기(남자들의 단골 메뉴다.) 그리고 가정사와 인생사 상담(이건 연륜과 철학적 깊이가 필요하다.)이다. 이제 고객은 자기랑 취향도 맞고, 똑똑하고, 재미까지 갖춘 당신과 거래를 하고 싶어 안달이 날 것이다.(이게 나만의 착각은 아니길!)

42 상대를 나의 페이스에 맞추게 하라!

　수년간 영업을 하며 터득하게 된 진리인데 고객의 페이스에 무조건 맞춰줘서는 득 될 일이 전혀 없다. 연인 사이에 줄다리기가 필요한 것처럼 고객과의 사이에서도 '밀고 땡기기' 전략이 필요하다는 말씀. 물론 고객이 눈치 채지 못하게 고단수로 조정해야 한다. 어떤 고객은 영업자를 대기조로 만든다거나 남는 자투리 시간에 잠깐 얼굴을 비친다든가 하는 식으로 자기 페이스를 고집하는데 이럴 때 기지를 발휘해야 한다. '내 시간은 내가 컨트롤한다.'는 신념으로 무장하고 몇 번쯤 약속을 틀어버리거나 한동안 무심한 척해라. 상대가 뭘 잘못했다고 느끼게 해서는 안 되고, 그냥 '매번 하라는 대로 움직

이던 사람인데, 왜 저러나?' 하는 궁금증만 유발하는 정도에
서 그쳐라. 그러면 상대방이 궁금한 마음에 먼저 연락을 한다.
약자인 줄 알았던 상대가 강하게 나오면 유순해지는 게 또한
인간 본성이다. 이 순간이 바로 고객이 슬슬 내 페이스에 얽히
는 거다.(아, 물론 이런 게 가능하려면 내공이 필요하겠는데, 그건 개인 몫
이다.)

43 * 고객이 지긋지긋한 슬럼프일 때,
선배를 만나라!

모든 종류의 슬럼프에는 '경험자'만이 위로이고 해답이고
비전이다.

44 줄듯 말듯 '뻥카' 치는 고객은 과감히 버려라

세상에 별의 별 사람이 있듯이 어떤 고객은 (그런 위치에 있지도 않으면서) 계약을 성사시켜주겠다면서 술만 엄청 얻어먹고 다니기도 하고, 자기 지위 자랑하는 것도 아니고 영업자들 불러 모아놓고 되도 않는 썰을 풀기도 한다. 한마디로 수주도 안 주면서 에너지만 엄청 방전시키는 고객들이다. 어떤 영업자는 15억 딜에서 1억 5천을 술값으로 날렸다고 하는데, 결국 수주도 못 따냈단다. 접대비가 너무 과해서 회사에 청구도 못하고 개인 카드로 메우다가 펑크 나고, 마이너스 통장까지 동원하는 영업자들도 많다. '앞으로 남고 뒤로 밑지는 경우'가 바로 이런 거다. 시간 뺏기고, 돈 뺏기고 그야말로 바보 거지 꼴 나는 것이다.

이 영업 바닥이 얼마나 헛된 정보가 많은지 삽질하는 사람들 많이 봤다. 그러니 이 대목에서 정보 수집력이 큰 빛을 발하게 될 것이다. 이 역시 나만의 암행 뒷조사 노하우인데, '프로젝트 담당자', '이권에 관련 없는 제삼자', '이권에 관련 있는 제삼자' 이렇게 최소 세 명에게만 운을 띄워보면 바로 예상 답안지가 나온다. 그렇다고 그 사람들 말을 다 믿을 것도 아니다. 기타 다른 소문, 정보들과 나만의 촉수를 발휘해서 '뻥카'인지 아닌지 여부를 판단하라. '뻥카'로 판명되면 얄짤 없이 바로 버려라. 인생에 절대 도움 안 될 사람이다. 문제는 이런 유형의 사람들이 생각보다 많다는 것인데, 사태 파악 능력과 암행 능력, 정보 수집력을 키워 멀리멀리 달아날 수밖에는 달리 방도가 없다.

대부분의 영업자들은 계약서에 도장 찍기 전까지 뻔질나게 들락날락 하다가 도장 찍은 후에는 얼굴도 안 비치는 경우가 많다. 그러니 고객 입장에서 '저놈은 지 몫 챙기더니 안면 까는구만.' 하고 실망하기 마련. 나중에 좋은 정보를 알려줄 리 만무하다. 그런데 나 같은 경우 검수 완료가 끝나도 들러서 "우리 다 같이 고생했으니 맛있는 밥 먹자고요." 하며 끝까지 챙겨주니 고객의 신뢰도는 급상승, 자기 회사는 물론이고 다른 업체 정보까지 다 알려준다. 그러니 내가 '뻥카' 치는 고객에게 뒤통수 맞을 일은 일어나지 않을 수밖에……

나는 사전 접대는 거의 하지 않는 편이다. 계약서에 도장 찍고, 물건 납품하고, 검수 완료하고 인사 차원에서 팀원들 다 같이 점심 한 끼 맛있게 먹자는 게 내 영업 원칙이다. 물론 거래에 따라서 미리 접대를 해야 하는 건가 생각이 들 때도 있지만 나는 내 원칙을 지키려고 노력한다. 그 원칙 덕에 거래를 놓친 적도 있지만 지금의 내 성공을 보자면 차별화된 내 전략도 지난 세월 동안 효과가 검증된 확실한 영업 비법이 아닐까.

45 [*] 버려야 할 고객은 과감히 버려라, 망설이면 버림받을 것이다

영업을 하다보면 여러 스타일의 고객을 알고 지내게 된다. 일이 많지는 않지만 친분이 두터워진 고객, 자주 만나지는 않아도 일만 생기면 꼭 나를 찾는 고객, 주기적으로 일도 주고 인생 상담도 주고받는 우등생 고객 등등등. 여기 세월도 쌓이고 친분도 쌓이고 자주 만나는 관계인데 힘 빠지게 하는 고객이 한 부류 있는데, 어떤 식으로도 도저히 수주가 안 나오는 고객이다. 그래도 계속 친분을 유지하면서 그 주변을 맴돌다보면 언젠가는 내게 일을 줄 테지, 하는 기대를 품지 말라. 오랜 경험으로 단언하건데 '어차피 오더 주는 고객은 정해져 있다.' 애초에 일로 만난 사람들 사이에서 일이 오고 가지 않으면 그 관계를 더 이상 진전시킬 필요가 뭔가. 매몰차다고 생각하지 말고 적당한 시기를 봐서 과감하게 접어라! 결과물도 없는 인연이 아쉬워 망설이는 시간에 새로운 고객을 유치하자. 도저히 안 되는 고객은 과감히 버려라. 망설이다가 외려 당신이 버림받고 후회하지 말지어다.

46 자존심은 버려도
자존감은 절대 사수!

사전적 정의를 보자면, 자존심은 '남에게 굽히지 아니하고 자신의 품위를 스스로 지키는 마음'을 말하고, 자존감(자아존중감)은 '자기 자신을 스스로 높이어 귀중하게 대하는 감정'을 말한다. 그러니까 자존심은 남에게 존중받고 싶은 마음이 있는 거고, 자존감은 내가 나를 존중하는 마음 되시겠다. 그렇다면 고객을 상대로 제품을 팔아야 하는 영업자들은 둘 중 어떤 마음을 지켜내야 하는 것일까. 사실 장사를 해야 먹고 살 수 있는 영업자라면 자존심 정도는 백 번이고 천 번이고 버릴 수 있다고 본다. 나로 말하자면 한때 HP에서 제일 잘나가는 영업자였지만 회사를 나오고 나서는 몸을 낮추고 최선의 노력을 다해서 HP랑 가장 오래, 질기게 비즈니스 하는 사람 중에 거의 1, 2위를 달리고 있다. 그 잘난 한영수였지만 그 따위 자존심은 버린 지 오래다. 그런데 개중에는 현재 상황은 전혀 고려하지 않고 잘나가던 옛날 생각에 빠져서 고자세로 호령하는 사람도 많다.(정말 상황 파악 못하는 인간들이다.) 내가 아는 어느 협력업체 사장님은 잘 나가는 브랜드의 회사를 나와 자기 회사를 차렸는데 나한테 이런 말을 한다. '예전에 같이 일하던 동료나 선배들이 상황이 바뀌니 머리를 조아리라는 식으로 고자세다. 완전 상처 받았다.' 나는 충격적인 말을 해줬다. "그런 자존심은 버릴 때라고 봐요. 이 바닥에서 살아남으시려면 빨리 현실을 냉정하게 깨닫고 야전 생활에 적응하셔야 해요. 과거의 후광은 잊으시고요. '왕년에~' 어쩌고 하는 사람이 제일 안쓰러워요."

그래, 그 따위의 자존심은 얼마든지 버려줄 수 있다 치자. 그런데 중요한 것은 제발이지 '자존감'만큼은 양보하지 말라는 것. 상대가 고객이든 벤더든 동료든 심지어 친구에게까지도 모두 적용할 대원칙이다. 아무리 고객은 항상 옳고, 고객을 위해서 목숨 바칠 각오가 돼 있는 나지만 내가 고객을 가차 없이 버리는 경우도 있다. 업체를 계속 뺑이 돌리는 경우가 그렇다. 약속을 하지나 말지, 약속을 잡아놓고 계속 펑크를 내거나 당일 연락이 안 되거나 가고 있는 중간에 전화로 약속을 취소하고 약속을 제대로 잡지 않고 5분 대기조로 기다리게 하다가 결국 연락이 안 되고, 그 사람 연락 기다리다가 다른 일도 전혀 못하게 되니 그야말로 하루를 공치게 되는 거다. 이건 하루를 공치고 말고의 문제를 넘어서 안하무인격으로 인격을 짓밟는 짓이다. 그런 무뢰한들은 도무지 참아줄 이유가 없다고 본다. 두더지 게임한다고 생각하고 일격을 가해라. 빙빙 돌려서 말할 필요도 없는 존재들이니, 앞에서 대놓고 한마디 해줘라. "당신 시간만 금이라고 생각하시나 봅니다. 제가 아무리 물건 파는 영업자라도 이건 너무 심하시네요. 그걸 참는 영업자가 있는지 모르겠지만 그분이랑 파이팅하세요."(사실 고객 앞에서 이렇게 말한 적은 한 번도 없다. 속으로만 16년째 연습 중인 대사. ㅠ.ㅠ)

자기 자신을 존중하는 사람은 아무도 무시하지 못한다. 한마디로 무조건 참지 말라는 얘기다. 원래 인간이라는 족속은 잘 참고 순종하고 약한 사람을 더 짓밟게 된다는 사실을 명심해야 한다. 좀 더 완곡하게 얘기하고 싶지만 도무지 좋게 표현이 되지가 않는다. 정말이지 인간들은 약자에게 강하다.

47 내 욕하는 사람은 무반응으로 약 올려라!

　요새 사람들은 남에게 보여 지는 삶에 과민하게 신경을 곤두세우는 것 같다. 나는 선천적으로 남들한테 큰 관심이 없는 편이어서 남이 하는 내 얘기에 무딘 편이다. 남이 옷이 바뀌건 머리 스타일이 바뀌건 잘 모르고, 얼굴도 잘 까먹고, 이름 까먹는 건 부지기수다. 언젠가는 친구랑 싸운 걸 까먹어서 말 시켰다가 민망했던 적도 있다. 이런 성격 탓에 영업하면서 힘든 일이 있거나 사람들한테 부대껴도 금방 잊어버리고 툭 털고 일어난다. 이런 무딘 성격 때문에 영업 초창기 시절에는 "넌 왕따를 당하고 있으면서도 그걸 모르고 있냐?"는 소리도 꽤 들었었다.(일하다 점심 때가 돼서 고개를 들어보면 아무도 없었던 기억들~!) 내 성격이 그래서인지 '뒷담화'에 너무 예민하게 반응하는 사람들을 보면 왜 저러나 싶다.

IT 영업 바닥에서 거의 독보적인 존재였던 나는 원하든 원치 않든 스포트라이트를 많이 받았다. 그러다보니 본의 아니게 구설수에 휘말려 난처한 입장이 되곤 했다. 경험상 그럴 때는 무반응과 무대응이 최고의 대처법이라고 했다. 헛된 추문에 약이 오를 대로 올라 여기저기 변명하다가 괜한 소문에 더 휩싸이느니 차라리 무시하는 게 좋다는 말이다. 내가 상처받고 울며불며 가슴 부여잡고 난리치면 칠수록 적은 점점 강해지고 소문은 종잡을 수 없이 커지게 마련이다. 마라톤 선수를 무너뜨리는 것은 발 아래 작은 돌이라고 하지 않던가. 그저 심심풀이 땅콩으로 떠들어대는 남의 말에 신경 쓰지 말고 웃으며 넘길 수 있는 여유를 가져보자. 갑자기 몇 백억 부자 아줌마가 한 말이 떠오른다. "나에게 큰 상처를 주는 사람들은 내가 미천했을 때 나랑 가장 친했던 사람들이다. 내가 성공하니까 다들 나를 씹고 다닌다." 모든 구설수는 딱 두 부류가 생산한다. 심심한 사람, 질투에 휩싸인 사람. 그런 사람들 기쁘게 하고 싶지 않으면 아무런 반응도 보여서는 안 된다. 실제로 욕한 사람은 상대가 약 올라서 돌아버리기를 바라는 사람이니, 모르는 척 열심히 하던 일 하면 외려 당황하고 약 오르는 건 그쪽이다. 실제로 한영수에 대해서 씹다 씹다 자기 이만 나간 사람들 많다.

48 때론 욕하는 사람 면전에 '나 욕했냐?'고 물어보라

바로 앞의 원칙에 위배되는 것 같기도 하지만 정말로 못 참겠는 욕이 떠돌면 억울함을 참지 말라고 말하고 싶다. 그냥 가십거리로 욕을 하는 건 죄질이 나쁘지 않으니 넘어가준다고 치지만 아무 이유 없이 뜬금없는 얘기를 만들어내는 사악한 인간들은 응징을 해야 한다. 비틀리고 비비 꼬인 그 사람들은 남의 불행이 곧 삶의 이유인지라 사람을 곤란하게 하는 이야기를 만들어내는데 혈안이 되어 있다. 게다가 그런 사람들은 어찌나 부지런한지 매시간 욕할 내용을 업데이트하는데 정말 속수무책 당하게 된다. 특히나 영업 바닥은 경쟁이 치열하다보니 때론 무고하게 욕을 들어먹을 때가 있는데, 그럴 땐 그 소문의 근원을 반드시 찾아내야 한다. 너무 참다보면 소문이 부풀려질 때로 부풀려져 진실이 되기도 하는 게 이 바닥이다. 수면 밑에서 나를 음해하는 세력을 수면 위로 끓여 올려서 꼭 찾아뵈어라. 면전에서 직설적으로, 아주 순진무구하고 태평한 표정으로, 가볍게 묻는 거다. "저 욕하셨다면서요?" 거의 혼절하다시피 당황하는 상대의 표정을 떠올려 봐라.(그 표정을 보고 있노라면 정말 재밌고 통쾌하다.) 그럴 때 진땀 빼는 욕쟁이에게 한마디 덧붙여라! "사실 제가 워낙에 소문을 몰고 다니는 인기인이라 그런 얘기를 다 믿지는 않아요. 혹시나 해서 여쭤보는 거니까 너무 신경 쓰지는 마시고요. 그럼 수고하세요."

'진드기 죽이려면 햇볕에 말리는 게 최고.'라는 말을 명심할 것!

49* 주는 거 없이
괜히 싫은 사람하고도 친구하라!

'나는 일단 싫으면 앞에서 좋은 척 절대 못해!', '나는 싫으면 얼굴에 그대로 드러나잖아.' 같은 말이 자랑은 아니라는 얘기다. 사람 만나는 게 일인 영업자는 연기력도 있어야 한다. 정말 싫어도 얼굴에 티 안 내는 연습을 할 것! 실제로 남자들은 이런 데 선수다. 한참 욕하던 사람이 눈앞에 나타나면 정말 반갑게 인사를 나누고, 심지어 버선발로 달려가 담뱃불을 붙여주고, 언제 술 한잔 하자며 약속을 잡는 꼴이라니……. 그런데 이것이야말로 (감정이 앞서는) 여자들이 반드시 배워야 하는 자세다. 니 편 내 편 갈라서 끼리끼리 몰려다니기 좋아하는 여자들은 '적은 적일뿐'이라는 단순 명료한 사고를 하기 쉬운데 영업을 하는 사람이라면 '싫어도 좋은 척'할 줄 알아야 한다. 실제로 나도 실천이 어려워 손해 본 일이 많아 적어봤으니, 우리 함께 '더블 페이스double face'가 되는 연습을 해봅시다.

50 [*] 적 한 명이 친구 백 명을 이긴다

당신에게 절친한 친구 백 명이 있어서 어떤 일이든 당신을 도와준다고 치자. 그런데 그 도움을 받을 수 있는 상황이라는 게 상당히 제한적이고 한계가 있기 마련이다. 각자 사정도 있고, 바쁘기도 하고, 도울 수 있는 일이 아니기도 하는 등 말이다. 반면 어딘가에 꽤 중요한 입지를 가진 당신의 몰락을 노리는 적이 나타나 당신에 대한 나쁜 소문을 퍼뜨리고, 하는 일마다 방해 공작을 펼치고 당신이 가는 길마다 가로막는다고 치자. 작정하고 당신을 해하겠다는 적을 막을 방법은 거의 없다. 반면 작정하고 누군가를 도울 일이 살면서 얼마나 있는지를 생각해보라. 서서히 당신을 신뢰하던 친구들은 줄고, 모르던 사람들까지 당신을 안 좋게 기억하기 시작하고, 진행하는 일은 번번이 망가지고. 그러니까 결국 누군가를 돕는 일보다 방해하는 일이 더 쉽고 확산적이고 빠르다는 거다. 뭐, 다 무시하고 내 갈 길을 가리, 해도 좋다. 하지만 당신의 멋진 스포츠카에 체인을 감고 고속도로를 달린다고 상상해보길.

특히 보다 많은 고객 확보가 일인 영업자들은 더 많은 친구를 만드는 게 중요하다고 생각하기 쉽다. 그러다보니 나의 등판을 과녁으로 보는 사람이 언제 어디에서 생겨나고 있는지, 친구였던 누군가가 어느 날 적이 되었는지를 신경 안 쓰고 지내다가 뒤통수를 맞곤 한다. 영업에 열심히 매진해 실적을 많이 내다보면 알게 모르기 적이 생길 수밖에 없다. 회사 내부의 영업자는 물론이고 같은 바닥에서 뛰는 동료 영업자들까지 질투의 화신이 되어 나를 음해한다. 고객에게 이상한 소문을 퍼뜨린다거나 공개 입찰 같은 정보를 차단한다거나 하는 식으로 작정하고 앞길을 막기 시작하면 그 여파는 생각보다 치명적이다. 이럴 때는 백 명의 친구도 무용지물, 그 한 명의 적을 막는일이 급선무가 된다.

가능한 한 적을 만들지 않아야 하는데 사실 적을 만들지 않기 위해서 당신이 할 일은 단 하나뿐이다. 건드렸다가는 큰일나는 그런 '인물'이 되는 것. 좀 어려워 보이긴 하지만 우리인생의 목표 역시 그게 아니었던가.

51 * 때론 적과의 동침도
필요하다

영원한 적도, 영원한 동지도 없는 게 우리네 인생이다. 어느 시절엔 치열하게 승부하던 경쟁자와도 손을 맞잡고 더 큰 경쟁자를 부숴야 할 때가 있는 법이다. 한 바닥에서 오래 먹고 살다보면 그 업체가 그 업체고, 그 고객이 그 고객이고, 그 경쟁자가 그 경쟁자인 때가 온다. 그러니 먹고 살기 위한 몸부림을 넘어선 악의적 경쟁은 하지 말아야 할 일이다. 또한 한 가지 명심할 것은 마음을 절대 열지 말라는 것! 파이를 어느 정도 나눠먹고 싶다면 어디에서도 어느 누구에게도 허점을 들켜서는 안 된다.

오랜 기간 경쟁 관계로 지내던 업체가 있었다. 그 업체의 담당 영업자는 볼 때마다 '아직도 안 잘렸나?' 생각이 들 정도로 5년 가까이 영업 실적 없이 손가락 빨고 다니기로 유명했다. 사실 영업을 못하는 것만 빼면 외모도 수려하고 목소리는 또 얼마나 좋은지 완전 성우 같은 사람이었다. 그러던 어느 날 우연히 고객의 상갓집에서 만나 여러 가지 이야기를 나누게 되었다. 와이프가 요리사라느니 취미로 산악자전거를 타느니, 영업자 생활이 어쩌니 저쩌니 하는 개인적인 이야기를 나누다보니 인간적으로 꽤 괜찮은 사람이라는 생각이 들었다. 그날 이후 자연스럽게 친해지면서 서로 업무 정보도 나누게 되었고 나는 그 업체가 취급하는 제품도 함께 도와 팔아보자고 제안했다. 디스카운트를 얼마 정도로 하자는 구체적인 영업 전략도 함께 짜서 마진율이 괜찮은 계약을 몇 건 성사시켰다. 일을 함께 해보니 그동안 어째서 실적이 없었는지 의아할 정도로 정말 깔끔하고 매너 좋은 사람이었다. 그의 인정과 나의 전략이 시너지 효과를 낸 것일까. 아무튼 그와 나는 지금까지도 서로 밀어주고 끌어주며 경쟁자이자 동종 업계 동료로 잘 지내고 있다. 이 불황기에 그 영업 차장이 한창 주가를 올리고 있다는 얘기를 듣고 얼마나 기뻤는지……

52* 내 그릇이 커지면
커버 못 할 문제가 없다

일을 하다 발생하는 크고 작은 문제들에 대해 너무 고민하지 말고 마음의 여유를 갖고, 마음의 크기를 키워보자는 얘기다. 그러면 발생한 문제가 제 아무리 크고 심각해도 내 마음의 그릇에 충분히 담아지니까 두려울 게 없다는 말씀. 실제로 문제의 크기보다 내 그릇의 크기를 키우는 일이 훨씬 더 쉬우니까.

고객에게 오버 개런티해서 손해 보고, 납기일 못 맞춰 손해 보고, 시스템 장애에 신속히 대응 못해서 혼쭐나고, 견적서 잘못 작성해서 손해 보고, 엑셀 숫자 에러로 낭패 보고, 장비 구성을 잘 못해서 부품을 바꾸고, 교통체증으로 늦어서 혼나고, 너무 바빠 약속을 깜빡해 고객을 잃고, 고객이 요청한 자료를 늦게 줘 욕먹고, 휴대 전화 배터리가 없었을 뿐인데 오해를 사고, 부서 사이에 주장이 달라 어느 장단에 춤춰야 할지 곤란하고, 정말이지 영업자로 살다보면 매일매일 발생하는 크고 작고, 가볍고 무거운 다양한 사건 사고에 하루에도 몇 십 번씩 천당과 지옥을 오간다. 그럼에도 불구하고 나 같은 경우 모든 문제에 의연한 편인데, 여기에 최초로 그 비밀을 적어볼까 한다. 사실 마음의 그릇을 키우는 것은 쉬운 일이 아닐지도 모른다. 하지만 인생을 살면서 몇 건의 결정적인 사건을 치르고 나니 세상만사에 연연하지 않게 되고 더불어 일까지 술술 잘 풀리게 되었더랬다.

어느 날 고객 한 분이 정기검진을 받다가 자궁암 진단을 받았다. 슬피 울면서 초기니까 크게 걱정할 상황은 아니라며 나에게 여자들은 유방과 자궁 쪽 검진을 자주 받아야 된다고 충고를 하던 그녀. 그녀를 위로하고 돌아서는 길에 '나도 한번 검진을 받아야겠구나.' 생각하고 차일피일하던 어느 날 밤 꿈을 꾸게 된다. 내가 가만히 누워 있는데 머리에서 하얀 구더기가 버글버글 나오는 꿈. 꿈이 하도 불길해서 인터넷을 찾아봤더니 구더기가 나오는 꿈은 대박이라는 거다. 그런데 나는 좀 의아했다. 구더기는 죽은 시체에서만 나오는 벌레가 아니던

가. 뭔가 불길한 마음이 들어 다음날 바로 병원에 가서 정밀 검사를 받았다. 불안한 마음이 현실로 나타난다더니 나는 유방암 초기 진단을 받았다. "예? 유방암이라고요? 장난하세요?" 놀라서 의사한테 몇 번이고 되물었던 기억이 아직도 생생하다. 설상가상으로 그 당시 나는 개인적인 가정사 문제까지 겹쳐 병마와 싸우느라, 외로움과 싸우느라 얼마나 힘든 시간을 보냈는지 모른다. 그 일련의 사건을 지나온 나는 나름대로 마음의 그릇이 커졌는지 어지간한 일에는 일희일비하지 않게 되었다. "영업을 오래 하려거든 일희일비하지 마라."는 영업계 대선배들의 충고가 실감나게도 나는 마음의 평정을 유지하며 영업의 달인이 되어가고 있었다.

'언젠가는 다 죽을 목숨들, 뭐 그리 아등바등 사나…….' 생각하면 세상사에 별로 연연하지 않게 될 것이고 자연히 마음이 좁아들거나 죽도록 힘든 일은 생기지 않게 된다. 게다가 사실 모든 문제는 준비 과정에서부터 도사리고 있다. 그러니 결국 준비 단계에서 절대 서두르지 말고 철저하면 될 일이고, 만일 문제가 발생하면 차근차근 차분한 마음가짐으로 하나씩 풀어내면 만사 오케이! 그리고 사실 문제 없는 밋밋한 인생, 좀 재미없지 않을까? 그렇게 가볍게 생각해버릴 것!

53* 영업 업무와 무관한 사람들도
잘 챙기면 득 된다

　인간은 끼리끼리 모이는 것을 좋아한다. 자연스럽게 영업자는 영업자들끼리, 연구직은 연구직끼리, 사무직은 사무직끼리 어울리는 경우가 많다. 하지만 나는 영업직이 아닌 파트의 사람들을 진심 어린 호의를 가지고 챙기라고 말해주고 싶다. 사무실에 상주하는 사람들은 조금만 챙겨주면 생각보다 많은 이익을 준다.

　영업하면서 정말 하기 싫은 일 중 하나가 영수증 정리다. 영수증 총액은 적은데 몇 천원짜리에서 부터 몇 만원짜리 영수증이 산더미처럼 쌓여 늘 경리 마감 시간을 놓치기 일쑤. 그럴 때마다 경리 직원에게 "자기야, 나 이번에 또 늦었어. 미안해. 내가 밥 사줄게." 아님 "돌아다니다보니 진짜 맛있는 빵집이 있어서 자기 생각나서 사왔어." 하면서 올려놓으면 웃으며 "다음엔 마감 시간 지키세요." 하고 부드럽게 넘어가준다.

영업을 하다보면 사무실에 머물기보다는 돌아다닐 일이 많아서 회사 내 분위기를 모르기 일쑤인데, 친해둔 스파이(?)들이 사무실 내의 신빙성 있는 가십, 정치, 음모 등에 대한 쏠쏠한 정보를 제공해주기도 한다. 거래처 상황도 다르지 않다. 내가 대기하는 시간에 거래처의 사무 직원들이 말동무가 되어주기도 하고, 유용하고 정확한 업계 정보를 흘려주기도 한다. 그러니 영업 업무와 관계없는 사람들과 친구가 되어 그들을 행복하게 해주면 다른 많은 일들이 편해진다. 이것이야말로 작은 노력으로 얻는 가외의 소득이 아니겠는가. 내 생각엔 영업하는 사람들보다 그들의 의리가 훨씬 더 끈끈하다. 이해 관계가 없어서일까.

54 [*] '치타'를 잘 다뤄라!

IT 계통에서 일하다가 보면 엔지니어들이랑 잘 지내야 안 되는 일도 성사되는 때가 있다. 그들은 전문가다. 이 바닥에서는 영업자를 '타잔', 엔지니어를 '치타'라고 농담으로 부른다. 영업자들은 제품이나 솔루션에 대해서 깊은 전문 지식을 요하는 경우에 엔지니어들을 모시고 고객한테 간다. 고객 앞에서 엔지니어가 어떻게 '설레발'을 풀어주느냐에 따라서 딜을 따기도 하고 잃기도 한다. 그객 앞에서 삽질하는 엔지니어들도 있지만 영업적인 마인드로 무장한 엔지니어는 여기저기 영업자들한테 끌려 다니느라 정신이 없다. 고객은 이상하게 영업자가 무슨 말을 하면 의심을 많이 하지만(영업자들이 하도 뻥을 많이 쳐서 그렇다.) 엔지니어가 뭐라고 하면 쉽게 믿는 경향이 있다.(참고로 고객들에게 한 말씀 드리자면, 영업 감각만 발달한 엔지니어를 주의하시길…….)

일을 하다보면 때로는 이런 '치타'들을 달래가며 일해야 하는 때가 있다. 서로 합심하여 일을 성사시켜도 부족한 판에 늘 브레이크 걸고 투덜거리는 사람을 보면 정말 어찌해야 할지 모르겠다. 그런 사람들은 어딜 가나 있고, 늘 함께 일하는 사람들의 진을 빼기 마련이다. 그들을 잘 다룰 줄만 알아도 신나고 즐겁고 편안하게 일하는 분위기를 만들 수 있다. 그들만 제압하면 만사 오케이~! 그런 사람들은 의외로 단순하다.(얼마나 단순하면 싫으면 싫다, 화나면 화난다고 입 밖으로 내어 말하겠는가.) 그러니 평소에 비위를 잘 맞춰주고 어르고 달래 놓을 필요가 있다. 그렇게 내 편을 만들어 두면 나중에 내 주문대로 움직여주는 순간이 온다. 나는 '타잔이다.' 생각하고, 부르면 언제든 달려오는 '치타'를 잘 키워라.

55 바로 위 '사수'를
극진히 모셔라

영업판에 처음 발을 내딛은 초짜들이 명심 또 명심해야 할 대목이다. 영업판에는 관리해야 할 업체나 고객 리스트가 있기 마련이고, 거기에 바로 돈줄이 있다. 그 돈줄을 쥐고 있는 것은 사수이고 윗대가리고 팀장이다. 어떤 돈줄을 내게 배분할 지는 바로 '그분'이 결정하신다. 내가 아무리 고객 접대에 능하고, 사람 녹이는 재주가 있고, 영업 능력과 스킬이 있으면 뭐하나. 윗선에서 내 능력을 사주지 않으면 알짜 고객은 만나보지도 못하고 조무래기 고객들만 상대하게 되는 거다. 그러니 고객 접대에는 실패해도 팀장 접대에 실패하면 이 바닥에서 죽은 목숨이나 마찬가지다. 어딜 가나 '줄(잘)서기'는 중요한 생존 철칙이다.

56 [*] '인맥이냐, 돈맥이냐'
그것이 문제로다?

"마누라하고 애새끼 빼고 다 팔겠다." 경제 위기가 닥쳤을 때 어느 나라 대통령도 말했고, 젊고 유능한 어떤 기업가도 한 말이다. (물거품 같은) 인간관계나 (고착화된) 업계의 시스템이나 (시대착오적인) 회사의 원칙을 지켜내기 위해 돈과 금이 풍족하게 묻혀 있는 땅을 포기하겠는가?! 당신이 결정할 일이다.

인간관계가 중요하다는 건 살면서 귀에 못이 박히게 듣던 소리고 관련 서적도 엄청 쏟아지는 게 작금의 현실이다. 인간관계가 잘못되면 바퀴에 체인을 감은 차로 고속도로를 달리는 것처럼 일처리가 느리고 갑갑해질 때도 있다. 때로는 역겨워도 사람을 배려하고 참고 견디다 보면 눈 먼 오더가 들어오기도 하고 생각보다 좋은 일이 가끔 생기는 것도 무시할 수 없는 사실이다. 과거에는 눈에 브이는 당장의 이익보다는 사람을 선택해서 많은 비즈니스가 창출되곤 했다. 맞는 말이다. 근데 이놈의 인간관계고 뭐고 다 진절머리가 날 때가 있다. 영업을 오래 하다 보니 인간들한테 지칠 때가 있다, 이 말이다. 그런 내게 한 줄기 빛 같은 이야기가 들려왔다. 돈맥이 인맥보다 중요해지고 있다는 신개념 트렌드가 그것. '돈맥'의 핵심은 한마디로 '돈 되는 인맥'을 위주로 영업을 하라는 거다. 바야흐로 눈앞의 이익과 이득을 버리고 사람을 선택하겠다는 사람이 이상한 취급을 받는 시대다. 고객 관리, 인맥 관리한답시고 왜 바쁜지도 모르게 늘 바쁘면서도 실속 없이 허송세월하는 영업자들 참 많던데 이제 '돈맥'을 중심으로 움직여보자.

물론 나는 아직도 "이익을 챙길 것이냐, 사람을 챙길 것이냐. 이득을 포기할 것이냐? 사람을 포기할 것이냐?"를 가지고 항상 갈등한다.(아직도 그런 고민을 하는 걸 보면 '돈맥' 관리하려면 아직 멀었나보다.) 사실 지금 당장 프로젝트가 걸려 있는 고객들 만나기에 정신이 없다 보면 (진짜로 돈 되는) 고객 관리에 소홀해지게 된다. 멀리 보고 잘 관리해야 하는 '돈맥' 고객이었음에도 불구하고 내가 허점을 드러낸 것이다. 급기야 고객 쪽

에서 내게 전화해서 은연중에 불만을 드러내기까지 했으니,
내가 갈 길은 아직 멀고 험한 건가. '돈맥' 운운하는 말이 나
오는 걸 보면 요즘 사람들이 참 현실적이고 냉정해진 것 같
다. 나는 아직도 돈맥 운운하는 지금 내 모습이 조금은 뜨끔
하고 창피하기도 하다. 나이 들면 냉정해진다는데 나는 아직
멀었나 보다.

57* 남의 밥그릇을 넘봐라

밥그릇 싸움이 어떠한 분야에 비할 바 없이 치열한 경쟁 조직인 세일즈 세상에서 의리, 배려, 양보 따위가 웬 말이냐. 이미 다른 사람의 차지인 것도, 벌써 물 건너간 것도 모두 다 노려보고 내 것으로 만들어라. 누가 알겠는가? 그렇게 빼앗어 온 '남의 밥그릇'이 나를 평생 먹여 살릴지…….

빼앗어온 것은 아니지만 그렇게 선배에게 넘겨받은 거래처로 10년을 먹고 산 사람이 나다. 그런 깡이 어디서 나왔는지는 모르지만 "팀장님, 그 거래처 저 주시면 안돼요?!" 하고 직접적으로 말해서 해당 거래처를 차지했을 때의 그 기쁨이란. 그런 달콤함을 맛본 사람은 더 열심히 뛰어다닐 수밖에 없다. 지금의 나를 이루고 있는 8할은 그때의 그 희열감, 그걸 다시 느끼고 싶은 열망에 다름없다. 내 얘기를 좀 더 하자면, 나는 처음부터 영업을 시작한 경우가 아니라 관리부, 법제부에서 어느 정도 눈칫밥을 먹은 후에 영업을 시작해서 어설프게 주워들은 지식이 많았다. 내가 영업 파트로 가게 되자 관리부 시절에 친하게 지내던 잘 나가는 영업팀장이 이런 귀띔을 해줬다. "너 영업부가면 팀장한테 어느 거래처 담당하고 싶다고 말하고 영업계획서 만들어 가봐. 다른 초짜들은 그냥 선배들이 하다가 버린 고객사들만 맡아서 맨땅에 헤딩하다가 지쳐 떨어지는데 너는 그럴 거 없이 될 만한 고객사를 잘 물색해 놨다가 팀장한테 내가 잘해보겠으니 달라고 해봐." 설마 하는 마음으로 얼굴에 철판 깔고 선배의 충고대로 했더니 어느덧 이름 있는 고객사가 내 몫이 된 것이다. 그 고객사를 맡고 있던 영업자한테는 마른하늘에 날벼락 같은 일이었겠지만 팀장님과 상무님의 지시로 나는 훌륭한 거래처를 담당하게 됐다. 나는 그 고객사 덕분에 거의 10년을 먹고 살았다. 그때 그 영업자는 지금 잘 나가는 영업이사가 되어있지만 그 기억 때문인지 아직도 나를 껄끄러워 하는 것 같다.(나중에 찾아가서 고맙고 미안했다고 소주 한잔 나눠야겠다.)

영업 초반은 그야말로 맨땅에 헤딩하는 세월이 아닐 수 없다. 떡 하니 자리를 보존하고 이미 자기 밥그릇 챙기신 선배들과 경쟁자들 사이에서 손가락 빠는 격이다. 그럴 때 뒤로 물러나 블루오션 개척한다고 삽질하고 다닐 시간을 잠깐 쪼개서 선배에게 당당하게 말하자. "선배님, 그거 저 주세요. 완전 딱 내 스타일인데요. 정말 잘할 수 있어요."

58* 과정보다
숫자로 승부해야 한다

영업계 대선배들님들이 입을 모아 말하는 게 하나 있다. 영업자는 힘이 들면 들수록 원리 원칙과 과정을 중요하게 생각하라는 말이 그것. 그러나 이런 불경기에는 똘똘하게 가벼운 변칙을 잘 써서 계약을 성사시키는 게 더 중요하다. 시장을 혼란스럽게 만들지 않는 선에서 과감하게 승부수를 던질 필요도 있다. 영업계에서는 할인의 유형을 두 가지로 본다. 하나는 회사가 망했을 때 하는 마구잡이 할인, 다른 하나는 최소한의 이익만을 남기고 거래처를 확보하는 전략적 할인이다. 적시에 이 전략적 할인을 잘하는 영업자가 능력 있는 영업자다. 사업가에게 '매출이 인격'이라는 말들을 하지 않던가. 말 그대로 영업자에게는 '숫자가 인격'이다.

언젠가 선배의 말을 무시하고 가격을 낮춰 계약을 성사시킨 일이 있었는데, 이유는 그랬다. 그 제품이 시장의 가격 혼란을 일으킬 일이 없는 단종 제품이었던 거다. 결국 원리 원칙과 과정이 중요하다고 강조했던 선배도 나의 설명에 고개를 끄덕이며 한 말씀 하셨다. "어쨌든 영업자는 숫자로 말하는 거지."

그래도 처음 영업을 시작해서 배우는 기간 3년에는 무조건 원칙과 과정을 고수하라고 조언하고 싶다. 어느 정도 영업 경험이 쌓이고 연륜이 생길 때 나름 개인기를 발휘하기 시작하면 된다. 그런 순간이 오더라도 독불장군식 접근은 절대 금물! 윗분들이랑 건건이 의견을 조율하면서 운영의 묘를 발휘하기 바란다.

59* 실적보다 실속!

　영업판이 왜 여자들에게 기회의 땅인지 이제는 달달달 외우겠지요? 아무리 말해도 부족하니까 계속 나오는 겁니다.(ㅋㅋ) 그러니까 한마디로 남자라는 종족의 기질과 성정, 습성만 잘 파악하고 있어도 여자들이 기존의 방식–남자들이 해오던 영업방식–과는 차별화된 전략으로 고객들에게 어필할 수 있다는 것. 실제로 남자라는 종족의 세계는 영업 바닥의 생리와 거의 동일한 원칙으로 돌아간다고 봐도 과언이 아니다. 그러니 오랜 세월 영업이라는 분야를 독점해 온 것이 남자라면 영업 바닥은 남자들의 속성을 파악하는 데 더없이 훌륭한 장이다.

　각설하고 여기서 내가 하고 싶은 이야기는 일종의 소신에 관한 것인데 '보여지는 삶에 너무 목메지 마라.'는 것이다. 영업 바닥에서 남자들과 부딪히다보면 남자들은 소위 말하는 '가오' 잡는 데 목숨을 건다. 이를테면 체면이나 이미지에 연연한 나머지 '쎈척'하다가 손해를 보고 만다. 영업력이 있는 것 마냥 경쟁자보다 우월한 척 자기 과장을 하며 실적은 올렸으나 실속은 하나도 없는 딜을 한다는 것. 바로 이 지점이 여자들이 파고들어야 하는 부분인데 말인즉슨, 체면 따의 신경 쓰지 말고, 주변에 휘말려서 가오 잡지 말고, 욕먹을 각오하고 자기 소신대로 일을 밀어붙이면 된다. 어차피 세상은 실적 많은 사람보다 실속을 차린 사람이 우월한 입장을 점하게 되어 있으니까.

딜을 하다 보면 실속 없이 무리하게 출혈 경쟁을 해야 될 때가 있다. 예를 들면 경쟁사 제품을 쓰는 고객인데 우리 제품이 들어가는 경우에는 전략적인 디스카운트를 해야 한다. 그런데 딜을 수주하는데 집착한 나머지 마이너스 딜을 수주하는 경우가 생기는 거다. 전략적으로 향후 증설 등을 감안해서 보완 가능성이 있는 경우는 그나마 괜찮은데 경쟁사들이 입찰 봉투를 들고 모이면 이상하게 경쟁심에 발동이 걸려 가격을 마구 내지르게 된다. 요즘은 전자 입찰이 많아서 옛날처럼 경쟁사 영업직원 얼굴 보면서 투쟁심에 발동 걸릴 일은 많이 줄었지만 아직도 실속 없이 경쟁하다가 패가망신 당하는 영업자들이 많다. 사실 궁극적으로 그런 방법은 회사도 손해, 개인도 손해, 고객도 손해이다. 돈이 남지 않으니 사후 지원이나 서비스 등의 질은 떨어질 수밖에 없기 때문이다. 특히 요즘 같은 과잉 경쟁 시대에는 고객의 예산은 점점 떨어지고 반면 고객의 수준은 점점 높아지니 영업하는 사람들이 힘든 시기임에 틀림없다. 요점은 죽으나 사나 '남는 영업'을 해야 한다는 거고 이런 건 여자들이 훨씬 더 잘한다.

60[*] 재테크하라, 재테크!

영업 바닥에서 오래 일하다보면 취향이 고급스러워지는 경우가 많다. 거래처 고객을 접대하면서 후진 데 다닐 일이 거의 없기 때문에 '좋은 것'에 길들여지는 것. 또한 영업자는 월급쟁이가 아니므로 일을 얼마나 '잘'하느냐에 따라 큰 돈을 만질 수 있다. 자연스럽게 씀씀이도 커지게 되는 법. 그러니 영업자일수록 돈 관리를 잘하지 않으면 패가망신하기 쉽다. 실제로 많은 영업자들이 앞으로 남고 뒤로 밑지는 생활을 하고 있고, 어떤 영업자는 그야말로 돈도 잃고 건강도 잃는 사면초가의 상황까지 가는 걸 봤다.

그러니 영업자들이여 잘나갈 때, 많이 벌 때 일수록 무조건 재테크하기를 권한다. 맛있는 건 고객 만날 때 먹을 수 있고, 좋은 건 고객들이랑 즐기고 개인적인 생활에서는 긴축 재정을 하면서 재테크에 신경 좀 쓰라는 말이다. 사실 돈 벌면 제일 좋은 건 바로 영업자 자신이다. 내 밥줄을 쥐고 있는 고객의 입장에서도 '있어 보이는' 영업자에게 더 끌리는 건 인지상정. '재테크를 저렇게 잘하는 영업자니까 일처리도 확실할 거야.'라고 생각하게 된다. 그리고 궁극적으로 내 인생을 좌지우지하는 거만한 고객이나 나를 눈 아래로 보는 경쟁자에게 복수하는 길은 내가 부자가 되는 거다. 내 주머니가 든든한데 어디에서 누구한테 기가 죽겠는가. 가진 돈이 많아 마음이 여유로워지면 영업 성과도 배가 된다. 이건 확실하다.

61* 독수리 VS 닭,
당신은 어느 쪽?

나는 사람의 DNA는 태어날 때 이미 결정되어 있다는 얘기를 믿는 편이다. 그러니까 지금 당장 닭으로 산다고 해도 타고나길 독수리였다면 언젠가는 독수리로 살아가게 된다는 말인데, 그러니 자기 DNA가 독수리인지 닭인지 잘 진단하고 현재를 살아가야겠다. 독수리로 태어난 사람이 닭이랑 상대하다가 잘아지면 되겠는가. 크게 될 사람은 크게 생각하고 크게 놀아야 한다. 비록 지금은 닭들이랑 어울려서 살아가고 있더라고 마음을 크게 먹고 넓게 살다보면 언젠가 독수리로 살 날이 온다. 그러니 닭들 사이에 끼어서 인생을 소모적으로 살지 말고 '나는 너희들이랑 달라!' 하는 마음으로 관대하고 크게 살자는 말이다.

　처음 영업할 때 아무 생각 없이 비가 오나 눈이 오나 앞만 보고 달리다 보니 돈도 좀 벌고 이 바닥에서 제법 유명해졌다. 나름 최선을 다했고 그 결과 만족할만한 성취를 거머쥐게 되었는데 주변 사람들이 나를 보는 시선이 조금 변질된 것이 느껴졌다. 아니나 다를까 사회적으로나 경제적으로나 상위 10%에 해당하는 사람들 얘기를 들어보니 잘 나가게 되자 주변 사람들이 이유 없이 말도 안 되는 공격을 한다는 거다. 최고가 된다는 것은 남보다 머리가 하나 더 붙어 있어서 남들보다 돌팔매를 맞을 확률이 더 크다는 것을 의미하는 걸까. 그러고 보니 상위 10%에 속한 사람들이 적절한 시기에 인간관계를 정리하거나 진일보Upgrade하는 이유를 알 것도 같다. 어느 날 나도 내 인생의 전반을 업그레이드할 필요를 느꼈고, 실제로 인간관계도 정리했고 삶의 환경 전반을 업그레이드했다. 성공한 사람들과 만나고 어울리면서 느낀 것은 그들만의 리그에서는 말도 안 되는 이유 없는 공격을 받을 일이 없다는 거다. 예전에는 차마 몰랐던 긍정적이고 풍요로운 마음 씀씀이에 감동받고 많은 것을 배우게 되었다. 당신도 어서 멋지게 비상해서 독수리 무리 속으로 진입하길 바란다.

'저 사람 성공하더니 변했다.'는 말들을 많이 하는데, 성공해서 안 변하는 게 더 이상한 거 아닌가? 그들은 성공해서 변하는 게 아니라 독수리임을 감추고 그동안 닭과 함께 어울려 살다가 이제 독수리끼리만 살 때가 되었을 뿐이다. 인간 본질은 절대로 변하지 않는다. 그러니 당신 주변에 어떤 닭이 당신을 괴롭히면 이렇게 생각해라. '독수리인 내가 참아준다.'고……. 이런 생각은 특히 영업자를 무시하는 허접스러운 고객과 경쟁자들 앞에서 효과적이다.

62* 삼겹살에 소주 먹으면서
신세한탄하지 말라

'인생 한 방이다.'는 말이 유행처럼 쓰이고 있는데, 실제로 성공한 사람들을 보면 '한 방'은 없다. 그리고 그 사람들의 특징은 헛된 기대 같은 것 품지 않고 그저 묵묵히 자기 길을 갔다는 것이고, 마음 저 깊숙한 곳에 자신에 대한 믿음, 세상에 대한 믿음이 있었다는 것이다. '긍정의 힘'이라는 말은 그럴 때 쓰라고 있는 거다. 작고 작은 실천과 노력이 모이고 모여서 지금의 성공으로 그들을 데려간 것이다. 그런데 세상의 다른 한 편에는 '나는 안 돼.'를 읊조리며 루저looser들끼리 모여 삼겹살에 소주를 먹으며 신세한탄을 하기에 바쁜 사람들도 있다. 신세한탄만 하면 다행이지 세상과 부자에 대한 말도 안 되는 욕설로 입까지 더럽히는 사람들.(당신은 어느 쪽이고 싶은가?)

삼겹살에 소주 마시면서 신세한탄하고 돈 많은 사람들 욕하는 사람들에게 감히 한 말씀 올리고 싶다. "세상에 꽁으로 성공한 사람 없습니다. 당신들이 지금 신세한탄하고 욕할 시간에 작은 실천을 하나 더 하시면 한걸음 더 성공의 길로 들어가게 되는 겁니다. 원망과 질타라는 당신의 그 잠재의식이 부정적인 에너지를 발휘하여 당신을 망칠 수도 있답니다. 부디 부정적인 생각으로 될 일드 안 되게 만들지 마시길……." 게다가 영업으로 먹고 살겠다는 사람이 이렇게 의기소침하고 부정적인 기운을 지니고 있다면 고객이 어떤 반응을 브이겠는가! 사람들은 긍정의 기운보다 부정의 기운을 훨씬 잘 감지한다는 것을 기억하라.

63* 경쟁에 편안해져라!

　평화롭게, 우아하게, 잔잔하게 살고 싶은가? 그렇다면 영업은 안 하는 게 좋다. 근데 굳이 영업일을 하고 싶은가? 영업일이 좋은가? 그렇다면 영업을 하면서도 평온하게 살 방법을 알려주겠다. 보이든 보이지 않든 경쟁이라는 구도에 익숙해지고 편안해지면 된다. 사실 경쟁 없이 우아한 백조처럼 사는 것처럼 보이는 사람들도 '이겨야 한다.'는 스트레스에 시달리는 경우가 허다하다. 실제로 눈에 보이는 경쟁을 하며 먹고 사는 영업자야말로 순수한 사람일 수도 있다는 말이다. 나는 언젠가부터 이 영업 바닥의 치열함에서 오히려 편안함과 안정감을 느낀다. 그래서 내가 이 바닥에서 아직까지 밥 먹고 살고 있는 걸까?!

　나는 7남매 중 5째로 태어났다. 사실 기저귀를 떼기도 전에 많은 형제들 사이에서 치기며 경쟁을 몸소 배웠다.(식탐은 그때 생긴 나쁜 버릇 중에 하나다. 먹을 수 있을 때 먹지 않으면 나중엔 먹을 것이 없었다.) 아무튼 그때 익힌 내 기질이 영업 바닥에서 빛을 발한다는 얘기를 하고 싶다. 이 바닥에서는 입찰 경쟁을 자주 하게 된다. 경쟁에 아무리 익숙해도 언제나 긴장감은 따르기 마련이다.(이런 긴장감마저도 즐기며 경쟁에 활용하라!) 사실 경쟁에 익숙해진다기보다 오랜 세월 입찰 경험을 하다 보면 경쟁사 제품 사양과 가격에 전문가가 되고, 고객과의 돈독한 관계로 계약 정보도 많이 수집하고, 그렇게 되면 자연히 경쟁 구조에 자신감이 생기는 것뿐이다.

　입찰에 뛰어들기도 전에 걱정부터 하는 영업자들을 보면 안타까워 죽겠다. 두려움과 공포란 본인이 만들어낸 생각이 부풀려진 것이지 실은 아무 실체가 없는 것이다. 그저 '내가 이 계약을 어떻게 하면 수주할 수 있을까?' 하는 문제의 핵심에 집중해서 탁월한 전략을 짜라. 경쟁사의 움직임만 예의주시하다 보면 거짓 가격 정보에 속아 악수를 두는 경우가 생기기도 한다. 중요한 건 '저 거래는 어떻게든 내가 따낸다.' 하는 자신감과 적절한 영업 전략 그것뿐이다. 어차피 경쟁 없는 영업은 없는 것이고 상대편 경쟁자도 두려움을 가지고 있다는 것을 명심해라. 외려 태연자약하고 여유만만한 내 모습에 경쟁자가 불안해하다가 일을 그르칠지 누가 알 일인가. 원래 싸움은 '힘'이 아니라 '기'로 하는 것이다. 이러한 기 싸움에서 절대 밀리지 말 것! 모름지기 장군은 적을 깔봐야 한다. 적을 높게 평가하면서 어떻게 전쟁에서 이기겠는가.

또한 어떤 경쟁에서 질게 뻔하더라도 때로는 경쟁자가 피곤해할 만한 영업자가 될 필요가 있다. 경쟁이 첨예한 상황에서 장비 무상 기증으로 힘을 뺀다든지, 예상치 못한 가격으로 딜을 한다든지 하는 식으로 마지막까지 경쟁사의 에너지를 방전시키는 전략도 때론 필요하다. 이 바닥에서의 경쟁자가 뻔하기는 하지만 다음 경쟁에서 기선을 제압하기 위해서 약간의 의도된 행동도 필요하다고 본다. 처음 경쟁에서 호되게 당하면 다음 경쟁에서 주눅이 드는 건 기정 사실. 이제 당신이 기 싸움에서 늘 우위를 점하게 된다.

64 * '독한년', '징한년' 소리를 들어야 한다

영업 바닥에서는 지구 끝까지 고객을 물고 늘어져 계약을 성사시키고 마는 영업자를 '독사'라고 부른다. 나는 독사다. 이 책을 읽는 독자들도 모두 독사로 불리기를 바란다. 영업자는 따박따박 월급 수령하며 만족하는 월급쟁이로 살면 안 된다. 때론 사업가보다 더 큰 돈을 만질 수 있는 유일한 직종이 바로 영업이라고 생각하는데, 그런 금쪽같은 기회의 땅에서 무사안일로 연명하지 않기를……

특히 여자들에게 고하노니, '독사'로 거듭나라! 그러면 공주 대접받고 살 수 있을 것이다.

65[*] 전략적으로 져줘야 할 때도 있다

우리는 살아가면서 보이지 않는 적들과 얽히고 설킨 경쟁을 하게 된다. 때론 끝까지 물고 늘어져 먹잇감을 취해야 할 때도 있고, 어떤 때는 싸우고 싸우다 만신창이가 되어서 먹이를 놓치기도 한다. 이 대목에서 개인의 현명한 판단이 절실하다고 본다. 해도 해도 안 될 것 같은 때, 상대방(특히 남자)에게 마지막 자존심을 세워주고 명분도 만들어주면서 양보하는 게 나에게 유리할 것 같을 때는 '전략적으로' 져주라는 말이다. 실제로 영업 바닥에서 '여자에게 딜을 뺏겼다.'는 소문에 몸서리치는 남자들이 많으니 그럴 때 한 번쯤은 기를 살려주는 동시에 적도 내 편으로 끌어들이자는 얘기다. 다만 신경 쓸 일은 그 딜이 내가 포기하고도 살만한 수준의 것인지, 그뿐이다.

66 *영업 바닥,
초장의 가혹함만 견디면 만사 OK!

실제로 많은 영업자들이 입사 초기의 테스트 기간을 견디지 못하고 나가떨어지는 경우가 참 많다. 영업이라는 업종의 후배 교육 방식은 거의 군대 조직의 룰로 돌아간다고 생각하면 된다. '사수'라고 불리는 선배들은 초짜를 각종 시험대에 올려놓고 이리저리 돌려가며 테스트를 하기로 유명하다. 3개월 동안 아예 아무 일도 주지 않은 채 어떤 행동을 하는지 지켜본다거나(이럴 때는 일을 찾아서 하는 모습을 보이는 등 적극적인 행동을 할 필요가 있다. 실제 선배가 보고 싶은 것은 인내심과 인간성 그뿐이니까.) 잡무만을 시켜 진을 뺀다거나(나의 경우 영어 원문인 매뉴얼을 무작정 100% 외워버렸다.) 실로 영업 실무에 절대 필요 없는 일을 만들어서 시킨다거나, 가장 힘든 고객을 만나고 오라고 하거나(당당함과 겸손함을 동시에 발휘해야 한다.) 등등의 치사하기까지 한 각종 '굴림'으로 영업 초장에 군기를 잡는 훈련의 시기를 반드시 거치게 된다.

당신이 초심자를 앞에 둔 베테랑 영업자라고 생각해봐라. 그를 상대로 가장 먼저 뭘 하고 싶은가? 따뜻한 눈길로 아름다운 이야기를 나누겠는가? 냉혈한의 눈빛으로 이 바닥이 얼마나 혹독한 전쟁터인지를 들려주겠는가? 나는 살면서 따뜻한 눈길의 선배를 만나본 일이 없다. 돌이켜보건대, 나의 성공의 비결은 바로 그 선배들의 혹독한 훈련 때문이었던 듯하다. 모르긴 몰라도 여자 영업자에게는 더 혹독한 훈련이 있을 것이다. '약해 빠진 여자가 영업을?' 하는 눈길로 선배들은 당신을 테스트하고 싶은 유혹을 엄청 느낄 것이다. 다시 한 번 강조하건데 지금 당신이 겪고 있는 그 테스트, 실제 영업 전선에서는 일어나지 않을 일들임이 분명하다. 그러니 사수들의 가혹한 테스트 때문에 이 좋은 영업일을 그만두는 실수는 범하지 말 것! 이때만 잘 버티면 좋은 날이 온다고 생각하자.

초짜 영업자 시절이 주마등처럼 스친다. 처음 영업을 시작했을 때 회식 장소였던 것 같다. 선배가 영업에 대한 포부를 말하라고 해서 이런 저런 얘기를 하다가 "내 처음은 미약하지만 나중은 창대하리라.”는 뉘앙스로 말을 맺었던가. 자리에 앉았는데 박수는커녕 썰렁한 그 분위기란.(등줄기에서 땀이 주르륵 ㅠ.ㅠ) 나의 고생길은 그때부터 시작이었으리라. 그걸 본 선배가 나중에 이런 조언을 해줬다. “공부 열심히 하겠다고 머리에 ‘필승‘이라고 적은 끈 묶고 악으로 깡으로 해야만 공부 잘하냐? 그냥 조용히 묵묵히 열심히 해도 공부 잘할 스 있냐? 니 모습이 그런 꼴이니 자연스럽게 해라. 자연스럽게.” 그 말을 들으니 내가 의욕만 앞서서 선배들한테 건방지다는 인상을 줬구나, 아차 싶었다.(영업을 처음 해보는 내가 어떻게 알겠냐고요.) 아마 선배들은 ‘니가 그리 잘났으면 혼자 한번 해보지 그래.’ 하면서 콧방귀를 뀌었을 듯.

나의 험난한 영업 초짜 시절이여~! 선배들의 아무런 조언도 도움도 없이 큰 장비를 끌고 다니면서 그야말로 눈물이 앞을 가렸다. 그냥 관리부어서 공주처럼 편하게 지낼 것을, 내가 영업부에 와서 무슨 대단한 부귀영화를 누리겠다고 이러고 있나, 정말 엉엉 울고 싶었다. 그러면서 오기가 생겼는지, ‘내가 이깟 거 하나 못들 줄 알고? 절대 부탁 안 해.’ 하며 혼자서 진땀 깨나 뺐더랬다. 어느 동료 하나는 또 이런다. “우리가 영업부서로 막차 타고 왔거든. 한영수 대리는 완전히 버스 떠나는

데 줄에 대롱대롱 매달려서 배가 완전히 바닥에 깔려 질질 끌려오는 형상이네. 영업 좋은 시절 다 갔는데 뭐 먹을 게 있다고 영업으로 왔노? 그냥 관리부에서 계약서 검토나 하면서 영업부한테 큰소리나 치며 편하게 살지 쯧쯧." 내 염장을 지르려는 건지 아님 용쓰는 내가 불쌍해서 그랬던 건지는 잘 모르겠지만 그땐 구박하는 팀장보다 옆에서 추임새 넣는 동료들이 더 미웠었다. 지금은 웃으면서 그 직원이랑 만나면 밥 먹는 편한 관계가 됐지만 그땐 정말 속으로 칼을 갈았었다. 지금 와서 생각하면 그런 바보 같은 세월을 보낸 내 자신이 참 안됐고 은근히 후회된다. 만약 그때 자연스럽고 여유롭게 초년 시절을 보냈다면 지금쯤 전 세계의 주목을 받는 여자 영업자가 되어 있지 않았을까.

67 **10년만 버티면**
이 바닥 접수한다

이 항목은 만고불변 진리인 '끝까지 남는 자가 강한자다.'
에 대한 이야기다. 처음 영업에 발을 들여놓고 입찰을 하는데
다 남자들이고 나만 여자였다. '저긴 여자 영업사원도 있나
봐?' 속닥이며 나를 원숭이 보듯 지나치던 남자 영업사원들.
경쟁사 영업부장 하나는 '이 회사는 여자 영업사원도 뽑는가
보군.' 하며 비아냥거리기도 했다. 난다 뛴다 하는 영업사원들
에게 기죽고 핍박받던 영업 초창기 시절. 그때는 자신만만한
남자들의 기세에 기가 눌려 구석에서 조용히 입 다물고 앉아있
기 바빴고 입찰에서도 떨어지기 일쑤였다. 정말 막막했던 내가
할 수 있는 일은 그냥 묵묵히 내 할 일을 열심히 하는 것 뿐.

당시 업계에 닷컴 바람이 불어 잘 나가던 영업사원들은 좋은 회사로 스톡옵션 받고 스카우트되는 분위기였고 일부는 외국에 MBA 공부하러 가는 게 유행이었다. 애 엄마였던 나는 별다른 대안도 없고 해서 10년을 한결같이 비가 오나 눈이 오나 바람이 부나 가방 하나 들고 열심히 고객과 약속 잡고 만나고 거북이 같은 생활을 반복했다. 그러다 보니 오더도 점점 많아지고 실적은 팍팍 늘고 업계에서 잘 나가는 영업자가 된 거다.

아이러니한 것은 그때 그 타사 경쟁자들이 어느 순간 다 사라지고 없더란 말씀. 어느 날부터인가 나 혼자서 종횡무진 그 많은 고객들을 만나고 있더라는 거다. 10년 전 대리 시절 만났던 어떤 고객들은 어느새 결정권자가 되어서 내게 일을 몰아주고, 그야말로 독식이 따로 없을 정도였다. 내가 강해지려고 특별히 노력을 한 것도 아니고 그저 내 할 일을 꾸준히 열심히 한 것뿐인데 지금은 IT 바닥에서 나 모르면 간첩이다. 그때 그 시절의 경쟁자들이 더 좋은 곳에 가 있을지도 모를 일이지만 애니웨이 지금 이 바닥은 내가 접수한 거 아닌가.

68 * 영업은
논리보다 감성

　삶의 방식에 있어 사람들은 주로 두 가지 성향으로 나뉜다. 이성과 논리로 움직이는 좌뇌파, 감성과 창의로 움직이는 우뇌파가 그것. 나의 영업 본고장인 IT 계열에서 일하는 사람들은 특히나 좌뇌적인 사람들이 많은 편인데 논리적이고 분석적인 사람들이어서 일처리가 깔끔하다는 장점도 있지만 어느 순간에 생각의 한계를 극복하지 못하고 당황하는 모습을 많이 봤다. 1+1=2가 되어야하는 사람들은 1+1=3이 될 수도 있다는 여지를 두지 않기 때문에 문제에 봉착했을 때 창의력이나 융통성을 발휘하지 못하고 헤매게 된다. 바로 이 지점에서 나의 우뇌적 접근이 빛을 발한다.

고객들에게 특별한 접대를 하는 것 같지도 않은데 영업의 달인이 된 비법을 물어오는 (좌뇌형) 인간들이 많은 걸 보면 그들 눈에는 내가 하는 행동이 유별나게 보이는가 보다. 어떠한 문제 상황에서도 파격적이고 기발한 대처 방법을 구사하는 나를 놀랍게 생각하는 것도 당연한 일이겠다. 나 같은 경우 살짝만 생각을 틀면 해결하지 못할 문제가 어디 있겠는가 하고 쉽게 대처하지만 좌뇌형 인간들에게는 그마저도 쉽지 않은 일인가 보다. 하긴 마인드 컨트롤을 위해 명상을 하고 비전 보드 vision board를 만들어 벽에 걸어놓는 영업자가 얼마나 있겠는가. 나는 결국 우뇌적인 사고로 그들과 차별화했고 영업의 돌파구를 찾아낸 것이다. 그러니 사람을 녹여야 하는 미션을 명받은 영업자들에게 우뇌적 접근 방식이 얼마나 유효할 지에 대해서는 더 언급하지 않겠다. 각박한 이 세상은 결국 휴머니즘이 지배하게 될 것이다. 어떤 분야든 감수성을 자극하는 것이 중요해지고 있고 인간의 순수함이 대세를 이룰 것이다. 세일즈에서는 이미 벌써 시작된 트렌드다.

69* 때론 뻔뻔함이
최고의 무기가 된다

난처한 상황이나 부끄럽기 짝이 없는 일이 일어났을 때 대처하는 가장 좋은 방법은 뭘까. 특히 사람들을 많이 만나는 영업자들은 이런저런 일로 진땀을 빼는 일이 자주 있을 수밖에 없다. 한여름에 돌아다니다 보면 땀 냄새에 절어 민망할 때도 있고, 길을 몰라 헤매다가 늦게 도착해 고객을 만났는데 중요한 서류를 놓고 오기도 하고, 여자들의 경우 여기저기 돌아다니다가 화장이 지워진지도 모른 채 중요한 고객을 만나기도 하고, 플레어스커트가 바람에 휘날리는 걸 고객에게 보이기도 하고, 이루 셀 수 없는 당황스런 상황에 노출되게 된다. 이럴 때 필요한 건 뭐? 뭐니뭐니해도 태연함이 최고의 무기라고 본다. 내가 어쩌지 못하는 상황에서 변명을 늘어놓는 게 더 구차하고 추해 보일 수 있다는 거다. 그저 '무슨 일 있나요?' 하는 표정으로 뻔뻔해지면 상대방도 어리둥절해하다가 까맣게 잊어버리게 된다. 아주 자연스럽게 아무 일도 없었던 것처럼 돌발 상황이 무마되는 것. 실상 지나고 나면 별것도 아닌 일에 진땀 빼며 어쩔 줄 몰라하면 상대방도 당황스러울 테고, 이미 일어난 그 민망한 일을 서로의 뇌리에 더 깊이 새기게 될 뿐이다.

모든 곤란한 상황에서는 '태연자약', '뻔뻔함'을 적극 활용하자.

70 '미안하다, 죄송하다'는 말 많이 하지 말라

아무래도 '을'의 입장으로 영업을 하다 보면 알게 모르게 비굴해져서 상대방의 비위를 전적으로 맞춰야 하는 역할에 매몰될 때가 있다. 그러나 객관적인 시선으로 관계를 보자 치면 '갑'의 입장에서도 이득이 있으므로 나와 거래를 하는 것 아닌가. 서로가 대등한 가치를 교환하는 업무 관계일 뿐이니, 비굴한 마음을 고마운 마음으로 변환할 필요가 있다. 괜스레 아무 것도 아닌 일에 '미안합니다. 죄송합니다.' 하는 말을 남발하지 말자는 얘기다. 실제로 고객 입장에서 보면 '저 사람이 뭐 켕기는 게 있나?' 하기 십상이다. 또한 당신이 비굴한 마음이면 당신이 파는 물건에 뭔가 하자가 있는 건 아닌가 생각할 수도 있다. 영업자의 태도가 파는 물건의 질을 100% 결정짓는다고 해도 과언은 아니다. 당신이 비굴할수록 물건의 가치가 떨어진다고 생각해봐라.

지켜보니 부자들일수록 미안하다, 죄송하단 말을 잘 안 한다. 이는 미안할 짓을 안 한다는 얘기가 되기도 하고, 미안하다는 말을 많이 하는 사람들은 아마추어처럼 보이기 때문일 터. 전문가답게 주어진 일을 당당하고 깔끔하게 처리하는 영업자라면 미안하다는 말을 할 일이 뭐가 있겠는가. 요즘 코미디 프로그램에서 유행하는 말을 상기하라. "왜 이래? 아마추어 같이……!" 잘못해놓고 죄송하다는 말을 아끼라는 것이 아니라, 애당초 미안할 일을 만들지 말 것이고, 실제 미안하지도 않으면서 상대방의 비위를 맞추려고 죄송하다는 말을 남발하지 말라는 거다.

나로 말할 것 같으면 을의 입장에서 10년 넘게 일하다 보니 비굴함이 몸에 밴 '딸랑딸랑족'이다. 어떤 때는 뭐가 비굴한 건지도 모를 정도. 영업 초기의 일화가 하나 있다. 내가 영업하는 이 서버 영업이라는 게 제품 하나 딸랑 파는 게 아니라 슈퍼컴퓨터를 판매하기 위해서 조합하고 분류하는 컨피규레이션configuration이라는 작업을 거쳐야 한다. 꼼꼼하지 못해서 카드

한 장, 케이블 하나라도 빠뜨리면 장비가 연결이 안 되고, 서비스는 개시도 못하고, 그런 상황이 되면 영업자인 나는 여지없이 큰 대가를 치러야 한다. 그런데 큰 실수를 범하고 만 거다. 스카시 카드를 몇 장 빠뜨려서 고객에게 개박살 나면서 연신 '죄송합니다. 죄송합니다. 정말 미안합니다.' 하던 내 모습이 불쌍하기도 하고 한심하기도 했다. 머리를 조아리면서 내내 들었던 생각은 꼼꼼하게 일처리를 해서 미안할 상황을 애초에 만들지 말자는 거였다. 잠깐의 실수로 비굴한 상황이 연출되면 신뢰를 잃는 것은 물론이고 내 자존감까지도 잃어버리게 된다. 자존감을 지켜가며 고객과 당당하게 거래하고 싶다면 꺼진 불 다시 보는 심정으로 여러 번 체크를 하자. 일처리는 꼼꼼하고 깐깐하게, 인간관계는 두루뭉술하게!

71* 애교와 협박을
자유롭게 넘나들라

　다양한 인간들을 만나다 보면 정말이지 이런 인간 유형도 있구나 놀랄 일이 많다. 그러니 영업자라면 고객의 다양한 스펙트럼spectrum 만큼이나 행동 양식의 다변성을 갖춰야 할 것이다. 그러니까 다른 영업자들이 고객을 대할 때 하는 모든 방식을 꿰고 있는 것은 물론이고, 특정 고객 유형을 공략하는 나만의 노하우나 비밀 병기도 가지고 있어야 한다는 거다. 이를테면 고객의 유형에 따라 적절한 아부가 필요한지, 여자의 애교가 통하는지, 술이나 골프 등의 접대가 유효한지, 집까지 찾아가는 파자마 영업도 불사해야 하는지, 메일이나 문자를 좋아하는지, 무관심한 척 가만 놔두는 게 좋은지, 차라리 협박을 하는 편이 나은지 완벽하게 상대를 파악하고 들이대라는 얘기다. 사실 인간 유형은 생각보다 단순해서(살아온 대로 살아가게 되어 있다.) 한 가지 진리만 명심하고 있으면 사람 다루는 전문가가 될 수 있다고 본다. '모든 사람에게는 통하는 문이 있다.' 결국 그 사람의 문이 어디에 어떻게 붙어 있는지만 잘 파악하면 쉽게 열린다는 말. 문의 위치와 모양을 파악하는 건 당신이 할 일이고, 명심할 것은 절대로 문을 때려 부수고 들어가지 말라는 거다.

개인적으로 완고하고 깐깐한 고집불통 고객을 다루는 게 가장 힘들었는데, 이럴 때는 다 필요 없고 '나는 그 사람의 친한 친구다.' 생각하고 다가가는 게 상책이다. 깐깐한 고객의 경우 주변에 (자기를 따르는) 사람이 많지 않다. 그런 사람에게는 '나는 완전히 네 편이다.'는 생각을 하도록 해주면 철옹성도 무너뜨릴 수 있게 된다. 게다가 여자한테 더 차갑게 대하는 기질을 무너뜨리는 가장 좋은 방법은 나를 애인처럼 대하도록 해주는 것이다. 그렇다고 여자로 어필해서 쉬워 보이라는 얘기가 아니라 다만 표현상 애인이라는 말을 썼을 뿐, 고집불통을 정신적으로 무장해제시키는 좋은 방편의 하나라는 얘기다. 또 하나 명심할 것은 '도저히 저런 인간이랑은 소통을 할 수가 없겠어!'하는 부류가 있다면 과감히 내다버려도 좋다. 당신 인생이고 당신은 소중하니까.

인간 유형 파악이고 뭐고 '에라이~! 모르겠다. 될 대로 되라!'는 솔직함이 통할 때도 있다. 예전 회사에서 내 실적이나 입지 때문에 많이 방황하고 있을 때 유독 에너지를 방전시키는 거래가 있었다. 될 듯 될 듯하면서 마무리가 안 되고, 계약이 자꾸 미뤄지고, 고객 만나기도 쉽지 않고, 발주 상황이 자꾸만 바뀌고. 어느 날 고객이 야근할 때 찾아가서 딱 잘라 말했다. "저 이 계약 못 먹으면 직장에서 잘리거든요. 제 얼굴 안 보이면 이 계약 수주 못해서 잘린 걸로 아세요."라고 허심탄회하게 고백했다. 평소에 당당하고 자신만만하던 아줌씨가 심각한 얼굴로 이야기하니 그 고객도 느끼는 바가 있었는가보다. 그 계약은 수주하지 못했지만 결국 다음 증설계약을 체결하게 됐다. 덕분에 나는 회사에서 안 잘리고. 모든 방법을 다 동원하고도 안 되면 인간적으로 호소하는 것도 영업자가 가져야할 능력이다.

또 한 가지 여자 영업자들이 놓치는 것이 있다. 남자들만의 전유물인 단란주점이나 마사지 같은 건 여자들이 함께할 수가 없으니 상대 남자 고객이 다른 (남자) 영업자들에게 응당 받을 대접을 못 받고 있다고 생각하게 만든다는 거다. 굳이 함께 어울릴 필요가 뭐가 있는가. 술이랑 안주를 빵빵하게 시켜주고, 계산을 멋있게 마친 뒤에 바바리 자락 휘날리며 빠져줘라. '여자인 저는 빠질 테니 남자들끼리 신나게 스트레스 풀고 오세요.' 하는 마음으로 관대하게, 멋있게 한턱 쏴라! 찐하게 놀고 싶어 하는 고객은 어쨌든 여자인 내 눈치 안 보고 편하게 놀게 해주는 게 좋다.

72 '프레너미', 조심 또 조심!

친구Friend와 적Enemy의 합성어인 프레너미가 우리 주변에 얼마나 많은지 나이를 먹고 사회 경험이 쌓일수록 실감하게 된다. 특히나 친분을 토대로 일이 진행되는 경우가 많은 영업 분야에 있는 사람일수록 이 프레너미를 잘 다루어야 성공한다. 먹고 사는 일로 맺어진 관계에 있어서는 절대로, 절대로 우정 같은 건 없다고 여겨라! 우정이라고 믿고 있는 쪽이 늘 손해를 보게 되어 있다. 친구 사이니까 사사로운 개인 정보를 흘리기 일쑤고, 남 욕하기 쉽고, 결국 그런 허심탄회함이 나중에 화살이 되어 돌아오게 되어 있다. 이건 진짜다. 내 부사수가 일을 정말로 잘한다고, 예뻐 죽겠다고 칭찬한 것도 나중에는 저질 소설의 소재가 되기도 하고, 지나가는 말로 업체를 살짝 씹은 게 상대방의 귀에 들어가 거래가 끊기기도 한다.

누군가 그런 말을 한 게 떠오른다. '인간 세상에 비밀은 없다.' 는 요지의 말씀을 한 그분의 말인즉, 사람들은 자기 머릿속에 입력되는 것이 잡담이든 수다든 모두 (유용한) 정보로 받아들인다는 것. 그리고 그것이 좋은 것이든 나쁜 것이든 간에 언젠가 정보를 뽑아 사용할 상황을 만들고야 만다고. 당신이 개라면, 달려있는 꼬리를 흔들지 않고 배기겠는가!

실제로 멋진 친구 하나를 멋진 고객이랑 연결시켜준 일이 있었더랬다. 어느 한편으로는 내 친구를 스파이로 쓸 계산을 하지 않았다면 거짓말이다. 그런데 그 둘이 정말로 가까워지더니만 오히려 내 정보를 역으로 고객에게 흘려서 고객과의 관계가 요상하게 변한 경험이 있다. 이것이야말로 그놈의 프레너미가 흘린 역정보 때문에 일도 망치고, 친구도 잃은 게 아니고 뭔가.

73 지장, 맹장, 덕장 중에 최고의 장군은 운장!

영업 바닥에 들어온 지 10년차에 나름 일가를 이루고, 이런 책도 내게 되는 '나는 과연 어떤 능력이 있었던 걸까.' 고민해보지 않을 수 없다. 열심히 뛰어다녔고, 어깨너머로 많이 공부도 했고, 책도 많이 읽었고, 자기 관리에도 소홀하지 않았지만 아무래도 명쾌하게 설명이 되지가 않는다. 그래서 며칠 전 훌륭한 영업계 선배님을 한 분 만났다. 지금은 퇴직하신 그분께서는 내게 이 항목에 대한 힌트를 주셨다. "지장, 맹장, 덕장 중에 최고의 장군은 운장!"이라고……. 아무래도 설명이 되지 않던 나의 영업 비결은 결국 '운'이었던 건가.

개인적인 생각에도 영업에서 '운칠기삼'은 정말 중요하다.

이상하게도 내가 작업을 들어가려고만 하면 업체 쪽 예산이 편성되고, 여러 사람이 얽혀 풀리지 않던 일이 자연스럽게 교통정리가 되고, 전혀 안중에도 없던 일이 내 눈에 들어오면 바로 PT가 있고, 이런 식이었다. 그러니까 한마디로 촉수가 발달했다고 할 수 있겠는데 내가 그렇게 신호를 잘 감지하는 데도 노력은 분명히 있었다고 본다. 이 책 내내 지루하게 반복되는 얘기처럼 나는 둘째가라면 통곡할 만큼 고객을 열심히 많이 만나고 다니는 영업자다. 영업에 있어서는 어디서 어떤 거래가 있는지, 누가 권력자인지, 새로운 업체가 언제 어디에 생기는지, 어떤 업체가 확장 계획이 있는지, 어디가 망해가고 있는지 등등 정보가 중요한데, 고객을 많이 만나면 만날수록 그만큼 확실한 정보를 수집하게 되는 것은 당연지사. '일찍 일어난 새가 벌레를 잡는다.'는 속담을 새겨라! 무조건 운만 믿고 까불지 말고 촉수를 발달시키려는 노력도 병행할 것!

영업을 하다가 보면 맥 빠지는 일이 되기도, 통쾌한 일이 되기도 하는 일 중에 하나가 바로 일 년에 한 번씩 있는 고객사의 조직 변동이다. 매년 연말이 되면 고객 얼굴이 환한 사람, 우울한 사람, 초조한 사람으로 각양각색, 천양지차로 변한다. 나와 관계가 돈독했던 고객이 다른 부서로 발령이 나서 책

한 권 선물하면서 "건강하고 행복하시라."고 점심 식사하면서 아쉬운 작별 인사를 드렸는데 그분이 몇 년 만에 다시 원위치로 컴백을 하셨다. 그 이후에 영업이 잘 된 건 말해 뭐하랴. 만일 운만 믿고 까불었다면 고객들이야 어디로 발령이 되건 말건 내 담당들한테만 잘해줬겠지만 모든 관계를 좋게 유지하는 데 들어간 공력도 만만찮다. 결국 운도 노력의 결과인 걸까. 거래 성사는커녕 이 핑계 저 핑계로 만나주지도 않으며 늘 나를 힘들게 했던 고객사의 부장 하나는 (나랑 친한) 새까맣게 젊은 상사 밑으로 발령 난 일도 있었으니 어찌 보면 내게 운이 따라주기는 하는 것 같기도 하고.(그 고객 앞에서 표정 관리하느라 혼났다.) 사실 운, 정보, 실력, 어느 하나 중요하지 않은 게 있겠는가마는.

74 *열정이 언제나
영업 스킬을 이긴다

이 책의 취지가 영업의 비밀을 알려준다는 것이긴 하지만 영업을 기술적으로 익히기 위해서는 기본적으로 다양한 경험이 선결되어야 한다. 나에게 '영업을 어찌 그리 잘하냐?'고 물어오는 많은 사람들에게 내가 가장 먼저 하는 말은 '상식선에서 열정을 다하라!'는 것이다. 말인즉 예측 불가능한 수많은 상황들 속에서 그때그때 상식선에서 열정적으로 대처해 나가다보면 그러한 경험들이 쌓이고 쌓여 영업 스킬이라는 것이 저절로 생긴다는 것이다. 처음부터 전문가가 어디 있겠는가. 다만 좌충우돌 속에서 실수를 줄여가고 성공의 경험을 늘려가면 나의 방법이 세련되어지고 정제되는 게 아니겠는가.

자 그렇다면 세월과 경험이 쌓이면 누구든 자기만의 영업 노하우를 터득하게 된다는 얘기인데, 그에 기본적으로 선결되어야 할 것이 열정이라는 말을 하고 싶다. 나는 그게 누구든 열정을 가진 사람을 이길 수 없다고 생각한다. 열정 없이 그저 오랜 경력만 내세우는 숙련된 영업자는 실제 현장에서 퇴물 그 자체다. 누가 나에게 영업 경험이 많은 '나이 든 영업자'와 영업 경험은 없지만 의지로 불타는 '열정만 있는 젊은이' 중에 누구를 채용하겠느냐고 묻는다면 나는 무조건 후자를 택할 것이다. 열정과 노력으로 안 되는 일이 없다는 게 내 지론이다. 잘못 배운 영업 경력자보다는 열정으로 무장하고 현장 경험을 할 각오가 되어 있는 초짜가 낫다. 거듭 강조하건데 열정 하나로 영업 바닥을 경험하다보면 영업 스킬은 자동으로 익힐 수 있다.

실제로 지금 나와 함께 일하는 식구들은 모두가 영업의 ㅇ(이응) 자도 모르는 사람들이었다. 나는 그들의 열정과 불타는 의지에 점수를 후하게 줬고, 바닥부터 경험하겠다는 각오를 듣고 합격 도장을 '쾅' 찍었다. 우리 팀의 성과는 업계 톱 텐 안에 들 정도다.

75 [*] 고객이나 동료와
일정 거리를 유지해라

아는 영업자 하나는 어떤 고객과 너무 친해져서 여러 가지로 손해를 보고 말았다. 친분을 빌미로 몇 건의 거래를 성사시켰지만 그것도 한계가 있는 법, '저 둘이 친해서 계속 일이 그쪽으로 가나봐.' 하는 주변의 눈치를 보다가 어느새 일은 딱 끊기게 되었고, 고객의 각종 부탁으로 실속 없이 사방팔방 뛰어다니며 뒤치닥거리하기가 일쑤였고, 말도 안 되는 심부름을 시키지를 않나, 고객의 회사나 집에 이런저런 거짓말을 대신해야 했다. 결국 그 영업자는 술 좋아하는 그 고객에게 맞춰주며 거의 매일을 술을 마시다가 간경화라는 처절한 말로를 맞게 되었다.

정말이지 간곡히 부탁컨대, 사람 사이에 일정한 거리를 둬라. 어떤 관계든 그것이 피로 맺어진 관계가 아닌 이상 언젠가는 시들시들, 데면데면해지기 마련이다.(심지어 가족이나 혈연도 관계 끊고 지내는 거 많이 봤다.) 그러니 지속적인 관계를 유지하며 서로에게 '윈윈'이 되어주고 싶다면 객관을 유지할 수 있는 거리는 둬야한다. 서로에게 일적으로 필요한 것 이상은 나누지 말고, 서로가 알아둘 필요가 있는 것 이상을 들려주지 말라. 그렇게만 하면 관계가 멀어질 일은 절대로 없을 것이다.(이는 동료, 친구 모두에게 해당된다.) 나는 거의 모든 거래처와 오랜 기간 동안 월세 받듯이 거래 관계를 유지해온 케이스인데, 그 비결은 바로 '거리두기'다.

76[*] 영업 기밀은
죽을 때 무덤에 가지고 가라

고객과 나 사이에 있었던 우리 둘만 아는 일은 세상 끝날
때까지 입 밖으로 내지 말라. 아내에게만 얘기했다?! (과연 비밀
이 보장될 지……. 참고로 말하자면, 하루에 400여 쌍이 이혼하고 있으며,
세상에서 제일 무서운 복수는 주로 ex-wife, ex-husband들의 몫이다.)

77 흔적을 남기지 말라!

영업하면서 메모 잘하는 게 무슨 대단한 능력이라도 되는 것처럼 떠드는 사람들도 있던데, 메모한 것 중 거의 90%는 쓸데없는 것들 아닌가?! 나머지 10%도 그다지 중요한 것 같아 보이지는 않지만 각자 쓸만한 것들이니 메모를 하는 거라 치더라도 절대로 남이 알아서는 곤란한 중대한 사안까지 왜 그렇게 열심히 메모하는지 이해할 수가 없다. 그 정도의 중대 사안이면 머릿속에 확실히 입력될 텐데 말이다. 영업자들이여, 기밀 사항은 절대로 메모하지 말라. 모든 일에는 기밀이라는 것이 있고, 그 기밀의 내용이 뭔지는 당사자들끼리만 알고 있으면 된다. 아는 영업사원 하나는 노트북을 잃어버렸는데 거기에 적힌 비리가 드러나 회사에서 쫓겨났다. 거듭 말하지만 영업자들이여, 아예 메모하는 습관 자체를 버려라! 영업 잘하는 사람들은 얼굴 없는 사람들처럼 다닌다. 절대 흔적을 남기지 않는다.

78 *영업, 적성이 필요하다

　실상 고객에 대한 두려움이 없다고 하면 그게 인간이겠는가. 제 아무리 영업의 달인이라 하더라도 물건을 팔아야 하는 순간에는 누구나 두려운 마음이 든다. 중요한 것은 그런 두려움을 기꺼이 즐기느냐의 문제다. 영업자라면 고객을 만나러 가는 길이, 그 긴장감이 엔돌핀이 되어 신나고 흥분되야 하고, 잠시 긴장했다가도 물건 팔 생각만하면 아무 생각 없는 사람처럼 마구 웃음이 나와야 하는 거다. 영업자가 즐겁고 신나고 편해야 고객도 편할 거고, 신바람이 전해져 물건을 마구마구 사고 싶은 생각이 들 것 아닌가.

　고객을 만나러 가는 길이 가시밭길이면 당장 영업을 때려치우라고 말하는 바다. 유전적으로 두려움의 인자가 많은 것 같다거나 자기 안에 번뇌나 생각이 많은 유형은 영업 적성에 대해 진지하게 생각해 볼 것! 영업은 무념무상의 경지에 빠르게 이르는 단순한 사람에게 딱이다. 나로 말하자면, 단무지(단순, 무식, 지랄)의 대표 주자다. 생각해봐라, 깐깐하게 생긴 여자가 "다음부터 형님이라고 부를 테니 적극적인 도움 부탁드립니다." 하는 장면을~!(고객은 황당해 하면서도 상당히 재밌어한다. 내가 신나게 말을 걸면 상대도 신나지는 거다.) 영업이 적성에 맞는 영업자들을 보면 정말 신나고 재밌고 골 때리는 자기만의 영업방식이 있다.

79 * 영업은 발로?
NO! 머리로!!

영업은 발로 하는 거라는 격언은 잊어라! 이 시대 영업이야
말로 두뇌 싸움이고, 전략 싸움이고, 기획력 대결이다. 그렇게
된 지 오래다. 제발이지 전략 짜서 접근할 것!

80[*] 거짓말은 히로뽕, 결국은 다 잃는다

내가 10년이 넘게 영업의 달인으로 인정받은 비결 중에 가장 으뜸으로 치는 것은 바로 고객과의 신뢰이다. 신뢰의 기본은 바로 정직함인데, 말하려고 보니 도덕책 같은 기분이 들기는 해도 반드시 짚고 넘어가야 할 항목이다. 왜냐하면 영업 바닥에서 과잉 경쟁에 치이다 보면 저도 모르는 사이 거짓말로 고객을 현혹하고 싶은 유혹에 시달릴 때가 많기 때문이다. 어떤 면에서 어떻게든 물건을 팔아야 하는 영업자들이 거짓말에 능숙한 것도 조금은 이해해줘야 하는 걸까? 문제는 많은 영업자들이 거짓말로 고객을 확보하고도 나중에 아무 일 없었다는 듯이 뻔뻔하기 때문에 다른 영업자들까지 피해를 본다는 것. 누군가가 거짓말로 제품이나 가격을 과장해 놓으면 다른 영업자가 제시한 가격이나 제품까지 엉망이 되어버리는 일이 비일

비재하다. 그러니 위기를 도면하려거나 계약을 성사시키기 위해 거짓말을 하는 것은 고객 잃고 친구 잃는 격이다. 그야말로 영업 바닥에서 영원히 안녕하게 된다는 말이다. 자기 신뢰에 금이 가는 것도 문제겠지만 상품의 질에 대한 신뢰도 무너지고 영업 바닥의 상도까지 망가뜨리는 거짓말을 왜 하고 싶은 건가.

경쟁 업체 영업자 하나가 견적서에 제품을 추가하는 형태로 고객을 속이는 영업을 한 게 들통 나서 그 거래가 나한테 온 적이 있었는데, 웃어야 할지 울어야 할지 했던 기억이 있다. 제발이지 악마의 유혹을 물리치고 정직하게 승부하라. 그렇게만 하면 평생 당신의 밥줄은 보장된다. 지금의 나처럼 말이다.

81 [*] 스트레스
배출구를 마련하라

세상에서 가장 스트레스가 많은 직업은 단연 영업직이다. 그러니 스트레스를 풀 당신만의 노하우를 가지고 있어야 한다. 그렇지 않으면 어느 날 갑자기 병에 걸린다. 반드시 스트레스 해소법을 찾아 백지에 끼적여볼 것! 나만의 스트레스 해소법을 공개하니 적극 참고하시길~!(스트레스 안 받고 즐겁게 사는 데 상당히 효과적임.)

❖ 남편과 애들 앞에서 '쌩쇼' 하기. 자아가 원하는대로 막춤 추기. 무아지경에 빠진 나를 보고 한심해하던 가족들의 모습이 생생함. 아들은 눈을 가리고 딸은 '어쩜 인간이 저러냐.'는 표정. 남편은 무표정. 그렇게 흔들고 나면 기분 최고임. 결국 남편과 애들이 배꼽 잡고 나는 점점 더 오버. 남편의 한마디.

"니가 이러는 거 회사 사람들이 아냐? 회사에서는 개폼 잡고 다니겠지?"

❖ 내리 자기. 휴일에 몸이 원하는대로 만사 재끼고 하루 종일 잔다. 애들이 배고프다고 깨울 때까지. 남편은 혼날까봐 깨우지도 못하고 주변을 서성거리면서 시끄럽게 함. 그러다 결국 나한테 혼남.

❖ 반신욕하기.(책 들고 들어가서 오만 잡생각에 빠져듦.) F4 구준표가 들어오는 상상도 해봄.(며칠 전에 구준표 브로마이드를 방 벽에 붙여놨더니 울 남편 열받아서 찢어버림.)

❖ 얼굴 경락 마사지 받기. 처음에는 아프고 기분 별로인데 자꾸 하면 중독되고 안 하면 세수 안 한 것처럼 이상함. 특히 발 마사지는 받을 때 아파서 내지르는 신음이 조금 이상하게 들리기도 함. 발 마사지할 때 많이 아프면 몸 상태가 안 좋은 거라는데 나의 신음 소리는 끝내줌.

❖ 나의 비전 보드 보면서 상상의 나래 펼치기. 기분이 좋아 히죽 히죽거리게 됨. 벤츠 자동차, 요트, 영화에나 나오는 대저택, 타워팰리스, 명품 보석, 근사한 여행지, 남편 말고 멋진 남자.(침 닦고.) 인생은 역시 즐거워.

❖ 동네 앞산에 남편과 둘이 오르기. 둘 다 말이 많아서 여러 가지 사안을 가지고 이야기 나눔. 결국 논쟁으로 번져 대판 싸우다 따로따로 내려옴. 집에 와서도 아는 척 안 함. 산에 괜히 갔다고 생각함.

- 서점에 가서 책을 무지막지하게 많이 구입하기. 그중에 못 읽은 책도 많음. 욕심만 많아가지고~!

- 영화 서너 편 내리 보기. 집에 TV가 없어서 노트북으로 보는데 무드가 전혀 안날 때는 노트북 깨버리고 싶음. 멜로 영화 3편 정도 내리 보면 스트레스가 짜악 풀림.

- 친구랑 만나 야한 영화 보기. 수위가 약하다며 불평불만하면서도 신나게 집중함.

- 간지 나는 애들 불러서 나이트 가기. 비용은 무조건 내가 부담.(연장자의 비애. ㅠ.ㅠ) 부킹은 친구 담당. 요샌 나이트 가면 늙은 아줌마들이 많아서 짜증남. 뒷모습은 20대인데 앞모습은 마귀할멈들, 머리들은 왜 산발하고 다니는 건지.

- 예쁜 남자 동상들 불러내서 인생 조언하기. "인생이란 말이지, 영업이란 말이지" 되도 않는 '썰' 풀면서 공짜로 밥 얻어먹기. 존경 어린 시선을 한 꽃미남들, 아이~ 귀여워라.

- 정크 푸드의 날을 정해놓고 몸에 안 좋은 음식 내리 먹으면서 카타르시스 느끼기. 참고로 나의 건강 염려증은 심각한 수준임.

- 맛집 찾아다니며 만난 것 먹기. 돈을 누가 내느냐가 문제인데 주로 내가 냄. 서로 눈치 보는 게 너무 싫음. 그래서 아직 부자가 못된 거라는 후문.

❖ 명품 지르기. 가장 스릴 있고 짜릿함. 주기적으로 마법에 걸릴 때쯤 발동 걸림. 중독성 있음. 손을 자르던지 해야지, 거리에 나앉게 생겼음.

❖ 원숭이처럼 남편 등에 매달리기. 산에 올라갈 때 그러면 힘들고 쪽팔린다고 으리 남편 내려오라고 당장이라도 울 것처럼 애원함. 내려오면 날아갈 것 같다고 고새 좋아 죽음. 집에서는 점프까지 해서 등에 매달리면 애들이 '울 엄마 돌았나 봐.'하는 표정으로 멍하게 쳐다봄. 내가 매달리고 싶으면 아무도 나를 막지 못함. 주변 절대 신경 안 쓰임.

❖ 강의나 강연 찾아다니기. 주로 재테크 강의. 더 열심히 살고 싶어지면서 어너지가 충전됨. 강사가 돈을 얼마 벌었는지 추리해 보는데 늘 그 사람들이 말한 액수보다 턱없이 적음.

❖ 싫어하고 저주하는 사람 얼굴 대충 그려놓고 칼이나 가위 같은 걸로 퍽퍽 찍음. 분이 풀릴 때까지. 완전 저주하는 의식. 그림에다 이름을 써놓음. 요새 내가 집중적으로 칼침 놓는 사람이 하나 있는데 아다도 얼마 지나지 않아 몸에 이상 생길지도 모름. 조심해라! 누구든지. 건드리면 다 부숴 버릴 테다!

❖ 남편하고 괜히 시비 붙어서 용돈 뜯어내기. 남편은 영문도 모르고 용돈 줌. '돈이 없어서 외식도 못한다. 밖에 안 나가고 집에 있다. 친구도 필요 없다. 입을 옷이 없다. 물가가 비싸다. 인생이 힘들다. 되는 일이 없다. 사는 게 의미가 없다. 자식도 필요 없다. 허무하다.' 하면 여지없이 용돈이 퍽 나옴.

❖ 간지 나게 차려입고 싸돌아다니기. 내 옷 중에 가장 좋은 옷과 보석을 하고 화장도 정성스레 하고 동네 한 바퀴 돌기. 돈 없어 백화점 쇼핑은 못하니 이마트라도 감. 쳐다보는 남자가 아무도 없음. 이마트에서 다른 아줌마가 어색하게 쳐다보면 기분 상함. 돌아 올 때 많이 허무함. 집에 와 화장 지우기도 귀찮음.

❖ 딸과 밤새도록 과자 먹으면서 수다 떨기. 서로 말 더 많이 하려고 쟁탈전 부림. 뒷담화하고 조언하고 꾸짖고 **뽀뽀**하고 별짓 다함. 마지막에 허기져서 서로 라면 끓여오라고 하다 싸움. 결국 삐쳐서 말 안 함.

❖ 아이들 **뽀뽀**하고 껴안는 척하면서 막 깨물기. 아마 전생에 개였나 봄. 애들은 내가 다가가면 질색함. 남편은 내가 막 깨물어도 그냥 눈감고 꾸우욱 참음. 대신 멍들지 않게 살살 깨물라고 함. 매 맞는 남편보단 낫다고 스스로 위로함. 그래도 행복한 거라고 애써 우김. 그저 아내가 애정 표현이 유별난 것뿐이라고.

82 개인 사생활을
일에 희생하지 말라!

일은 살아가는 수단이지 목적이 아니다. work & life balance를 맞추라는 얘기를 하고 싶다. 일하며 쌓인 스트레스를 풀고 재충전하지 않으면 인생 전체가 망가진다는 사실을 명심할 것! 나야말로 일에만 매달려 살다가 병이 났던 사람이다. 초조하고 만족 모르고, 급하면 일도 더 망치게 되나보다. 그러니 제발 토요일, 일요일에는 가족들과 함께 휴식하는 시간을 가져라. 산에도 가고, 목욕도 같이 하고, 책도 읽고, 맛있는 거 만들어 먹고, 수다도 실컷 떨고 말이다. 그야말로 일로부터 나를 편안하게 놔주라는 얘기다. 사생활을 철저히 지킨 이후로 일도 더 잘 풀렸다.

절대로, 무조건 쉴 때는 제대로 쉬어라!

83* 일과 무관한 사람들에게서 영감을 얻어라!

'나한테 도움 주는 사람들'보다 '만나고 싶은 사람들'을 더 많이 만나라는 말을 해주고 싶다. 한 바닥에서 오랜 기간 일을 하게 되면 늘 만나는 사람이 그 사람이고, 그러다보면 사고의 폭이 좁아져 매너리즘에 빠지기 쉽다. 이러한 매너리즘을 벗어나는 좋은 방법은 새로운 사람들을 만나 정신에 바람을 쏘이는 것. '시간이 없다.'는 핑계는 금물! 시간을 내서라도 반드시 다른 분야의 인간들을 만나라. 일로 만난 사람들과 공장 얘기하는 시간도 중요하겠지만 일과는 전혀 무관한 사람들에게서 인생의 힌트를 얻고 다시금 열심히 살고 싶어지는 계기를 얻는 시간도 정말 필요하다.

어느 재테크 강연에 갔을 때의 일이다. 영업이라는 일에 지칠 대로 지쳐있던 내게 '하고 싶은 일을 해라! 당장!'이라는 말은 금과옥조, 그 자체였다. 나와 나이가 비슷한 그 부자 강사를 보며 다짐했다. '그래 늦지 않았어! 그동안 열심히 살아온 세월만큼 앞으로도 그렇게 가다 보면 좋은 날이 올 거야.' 그날 이후 나는 다시 열심히 뛰었고 지금의 성공이 그 보상이었다. 실제로 일을 하다가 어떤 난관에 부딪혔을 때 문제의 해결책을 주는 것은 내가 잘 알고 지내던 사람들이 아니라 예상치 못한 사람들일 때가 많다. 다른 분야의 사람들을 만나서 당신의 인생을 풍요롭게 만들어라. 그러면 일도 더 잘 풀린다.

84 * 남이 예측하는 범위 내에서
행동하지 말라!

영업 바닥에서 상대가 예측 못하는 작전을 전략적으로 잘 구사할 수 있으면 100전 100승이다. 게임판에서 지는 사람은 상대에게 수를 읽혔기 때문이다. 그러니 상대방이 예측 못하는 작전을 잘 짜서 접근하라는 말. 나랑 오래 거래를 해오던 고객 한 분이 어느 날 갑자기 다른 업체들에게 공개 입찰을 해서 가격 경쟁을 붙인 일이 있었다. 가격을 깎아달라는 요구를 그런 식으로 한 것이다. 그런데도 끝까지 기존의 가격을 고수했더니 그 고객은 놀라며 한마디 한다. "당체 한영수라는 사람은 당할 수가 없다니까. 그냥 계속 함께 갑시다." 아마도 그는 내가 찾아가 쩔쩔매며 '왜 그러세요? 뭐 문제가 있나요?

팀장님이 원하는 가격을 말씀해주시면 제가 맞춰보겠습니다.'
이런 장면을 떠올리고 있었을 것이다. 그런데 내가 오히려 당당하게 나가니 어찌할 바를 모르고 백기를 든 것이다. 게임판에서 '고수'로 대우받으며 일하고 싶다면 이렇듯 상대가 예측할 수 없는 '반전'을 잘 이용하면 된다.

상대에게 수를 읽히지 않는 방도를 연구하라! 그렇게만 할 수 있다면 인생에서 승리자가 될 수 있을 것이다.

85* 사람과 사람 사이에도
유효기간이 있다

영업자들은 사람을 많이 만나다 보니 정에 약하고 인연에 연연하는 경향이 있다. 왜 안 그렇겠는가. 사람 사이에 오가는 정이라는 게 어디 딱 잘라 정리할 수 있겠는가. 그럼에도 불구하고 영업자는 강해져야 한다고 주장하는 바다. 일하면서 맺은 그 무수한 인연과 관계를 평생 가지고 갈 수는 없는 일. 음식처럼 인간관계에도 유효기간이 있다고 생각하고 관계가 끊기는 것을 슬퍼하지 말라. 상한 음식은 내다버려야 하는 거다. 새 음식을 장만하면 될 일! 오면 가고, 가면 다시 새로운 사람이 오는 게 인간사다. 누군가와의 관계가 정리 돼도 새로운 사람이 늘 그 빈자리를 채우지 않던가. '하나의 문이 닫히면 다른 문이 열린

다.'는 진리를 가슴에 새기자.(나도 잘 못하는 일이긴 하지만. ㅠ.ㅠ)

아무리 부정하려고 해도 남자들보다는 감정적일 수밖에 없는 게 여자다. 그리고 나는 천생 여자로 태어난 사람이다. 그래서 내가 키운 직원이나 모시던 팀장이 다른 부서로 가거나 회사를 그만두면 마음이 정말 짠해진다. 혹여 친한 고객이 다른 곳으로 발령 나거나 이민이라도 가게 되면 눈물이 앞을 가린다. 만나면 헤어지는 게 인생사이건만 내가 관계에 지나치게 무게 중심을 두는 건가. 그런 유약함 때문에 때로는 손해 보는 느낌이 들기도 하지만 그래도 지나고 보니 그런 감상적인 마음이 궁극적으로 인간관계 자체에는 이득이었던 것 같기도 하다. 내가 데리고 있던 직원이 어느 날 갑자기 학원을 차리겠다고 회사를 그만둔다고 했을 때 배신감을 느낄 정도로 서운했었다.(내가 그렇게 잘해줬건만……) 그 친구는 나름의 인생계획대로 움직일 뿐, 내가 그렇게 느끼는 건 지나친 감상일 뿐이다. 꾸준히 연락을 하고 지냈는데 결국 그 친구가 우리 고객 회사에 취직하게 됐고, 지금은 내 고객으로 극진하게 모시고 있다. 사람 일은 참 모를 일이다. 그러니 인간관계에는 유효기간이 있다고 마음을 다잡더라도 가슴까지 차갑게 식힐 필요는 없을 것 같다.

86* 요령껏 야무져라!

아닌 건 아니라고 딱 끊어서 말할 수 있고, 싫으면 거절하는 야무진 성격은 스스로에게는 정말 자랑스럽다 못해 뿌듯할 지경일 거고 실제로 살기도 참 편할 것이다. 그런데 영업자라면? 사정은 조금 달라진다. 적당히 야무지기를 권한다.

술을 전혀 못 마시더라도 일단 받아놓고 먹는 시늉이라도 해야 한다. 도저히 시간이 안될 것 같아도 일단은 고객이 말하는 시간을 접수하고 나중에 수를 써도 써. 고객의 말이 무리하다는 생각이 들어도 딱딱 끊지 말고 구렁이 담 넘어가듯 하는 자세도 필요하다. 고객이 잔소리를 너무 많이 한다거나 갑자기 전화해서 다짜고짜 큰소리를 친다거나 하면 같이 흥분하지 말고 '실례지만 지금 주차 중인데요.', '전화 드릴게요. 회의 중이에요.' 하면서 일단 전화를 끊는다. 한참을 회신 전화를 하지 않으면 상대방이 나중에 많이 진정된 상태에서 다시 전화를 하게 되어 있다.(목마른 사슴이 우물을 찾게 되어 있고, 흥분한 사람이 민망하게 되어 있다.) 시간이 지나고 나면 부드럽고 매끄럽게 이야기를 나눌 수 있다. 어떤 고객이 내 문자를 씹는다고 다짜고짜 찾아갈 게 아니라 한동안 연락을 끊었다가 회사 번호로 전화를 해서 점심식사가 어려우시면 차나 한잔하자고 해보라. 나에게 아무리 막 대하는 것 같아도 '에잇, 너도 한번 당해봐라.' 하고 같이 흥분하지 말고 딱 10분만 참아라. 시간이 지나 흥분이 가라앉으면 내가 영업자라는 사실이 떠오르면서 차분한 마음이 된다. 그때 진심 어린 마음을 담아 심정적인 메일을 보내면 그만이다.

우리는 복잡한 인간관계를 각자 나름대로 교통정리하며 관계 맺기를 잘하고 있지 않은가. 대놓고 싫다고 말하고 싶은 고객이 있어도 거칠게 대응하지 말고 그저 좋은 마음으로 '그 고객이랑 잘 지낼 수 있게 해주세요.' 하고 기도하면 내 마음도 풀리게 되고 무리한 행동을 삼가게 된다. 무조건 받아주라는 말이 아니라 적당히 요령껏 '한 박자 쉬고' 거절하는 법을 배우라는 말씀!

87 무엇에도 쫄지 말라!

살다 보면 별의 별일을 다 당한다. 말도 안 되는 허풍, 사기, 위협, 협박, 흑색선전, 비방 등등 안 겪어도 될 일을 겪게되고 그럴 때마다 심장이 쪼그라드는 느낌에 이러고 살아야 되나 싶다. 그러나 그런 것들은 인생에 전혀 문제가 되지 않는다. 사실 말이 무서운 거지 실제로 어떤 심각한 일이 벌어지는 경우는 별로 없다. 내 알기론 사람들은 문제거리를 만들고 싶어 하지 않는다. 말로만 그러고 떠들어 대지 아무 문제도 일어나지 않을 거라고 믿어라. 자, 이제 맘 편히 먹고 어떤 일에도 절대로 쫄지 말 것!

나는 종종 '강심장'이라는 얘기를 듣곤 한다.(나는 체질적으로 심장이 튼튼한 편이다.) 그렇다고 내가 무모한 일을 한다는 건 아니지만 세상에 무서운 게 뭐가 있냐고 생각하는 편이라는 거다. 핵폭탄은 발사 스위치 위에 손을 올려놓았을 때가 제일 무섭지 일단 발사되면 너도 나도 다 초토화되기 때문에 실제로 스위치를 누르는 용기를 가진 사람은 거의 없다고 보면 된다. 실제로 "스위치 누른다. 누른다." 위협할 때가 가장 무서운 건데, 협박을 하는 당사자도 상당히 두려워하고 있다고 보면 무서울 게 뭔가.

살다 보니 여자들보다 남자들이 더 불쌍하고 나약하다는 걸 알게 되었다. 세상에 굴하지 않고 당당한 건 오히려 여자들 쪽이다. 처자식 먹여 살리려고 입에 단내 나게 돌아다니면서 죽을 둥 살 둥 마음 졸이며 사는 남자 영업자들이 얼마나 많은지 모른다. 남자들이 그렇게 눈치 보며 힘들게 살기 때문에 여자들보다 10년은 먼저 죽는 걸까.(영업하는 남편들에게 잘하라. 밖에서 정말 불쌍하게 하고 다닌다.) 어쨌든 여자 특유의 무모함과 당당함을 영업에 백분 활용하면 남자 영업자들보다 더 돋보일 수 있다.

88 말을 아껴라! 듣고 또 들어라!

말을 아끼라는 요지의 몇 가지 격언을 소개하니, 머리맡에 적어두고 늘 상기하라.

"침묵이 실수를 낳는 일은 없다."

"물고기는 입을 벌리는 바람에 죽는다."

"침묵하는 바보는 현명한 사람으로 간주된다. 부유한 도둑이 신사로 간주되는 것처럼."

"말이 많으면 거짓말도 는다."

"비밀을 지키는 유일한 방법은 아무 말 안 하는 것이다."

"입과 지갑은 조심스럽게 열어라."

부디 내 할 말을 아끼고 또 아끼고 고객의 말을 듣고 또 들어라. 내 고객 중에 잘생긴 고객이 한 분 있는데 그분 별명이 '만나면 4시간!'이다. 만나면 무조건 4시간 동안 어찌나 그렇게도 할 말이 많은지 이야기가 끝나지 않는다. 나중에 집에 올 때 되면 머리가 아프고 어질어질할 정도다. 다른 사람들이 그분을 외면할 때에도 나는 절대로 지루해하지 않았다. 오히려 열심히 맞장구 쳐가며 이야기에 동참하고 웃어주고 울어주고 그랬다. '아마추어는 말 잘해서 물건 팔고, 프로는 듣기만 잘해도 물건 잘 판다.'는 말을 실천에 옮겨 모든 거래는 내 몫이 되었다. 모든 사람이 그렇듯이 고객들은 본인 얘기를 하고 싶어 한다. 고객의 말을 듣고 또 들어라. 내 이야기가 하고 싶으면 혀를 깨물어라. 잘 듣는 것도 영업자에게 필요한 핵심적인 능력이다. 내가 만든 법칙인데, '7대3' 법칙을 잘 활용하면 좋다. 고객이 7을 말하고 내가 3을 말하도록 애써보자.

친구 중에 한 명이 남편과 시누이들, 시어머니와의 불화 때문에 정신과에 간 적이 있었단다. 상담 의사 왈 "저는 이 시간부터 온전히 당신의 사람입니다." 하는 말 한마디에 눈물을 펑펑 쏟은 그 친구. 우리 모두는 내 말을 들어줄 사람이 절실한 고독한 현대인이 아니던가. 특히 우리 영업자들은 그 정신과 의사의 자세를 배워야 한다. 그래야 먹고 산다. 고객의 이

야기에 집중할 때는 모든 신경을 그쪽으로 올—인할 것! 휴대
전화가 울리면 "회의 중이니 나중에 전화할게요."라며 바로
끊고 완전 몰입해서 이야기를 들어줘라. 고객의 입장에서는
자기를 가장 우선으로 생각하는 영업자에게 본인도 모르게 정
보도 주고 거래도 주게 되는 것이다. 중간에 문자 보내고 다른
짓 하는 건 절대 금물. 이것만 지켜도 영업의 반은 성공이다.

89 [*] 결론을 먼저 말하는 습관을 길러라

말할 때 이런 저런 살을 붙이지 말고 담백하게 결론을 먼저 말하는 습관을 길러라. 의견은 줄이고 사실을 앞세운 똑똑한 말하기 전략을 배워라. 쓸데없이 말이 많으면 '저 사람 뭐 숨기는 게 있나?' 하는 인상을 준다. 소설 쓰지 말고 결론만 강력하게, 짧게 이야기하라. 그런 다음에는 소소하게 그냥 사는 얘기나 나누면 된다.

90 [*] 고객 핑계로 회사 돈 쓰지 말라

영업자들 중에는 접대 핑계로 개인 지출까지 회사 돈으로 하는 사람들이 있다. 뭐, 그것도 일의 연장이라고 한다면 할 말은 없지만 이거 하나는 알아둬라. 당신 윗사람들은 영수증만 봐도 그 냄새만으로도 어디에 어떻게 쓴 돈인지 다 안다. 단지 알고도 넘어가 주는 것뿐이다. 위에서 아무 말 없다고 그들이 모른다고 생각하면 당신이 아마추어인 거다.

위에서 모른다고 생각하고 나는 회사 돈을 계속 쓰겠다?!

위에서 알든 말든 쓰겠다?!

눈치껏 쓰겠다?!

아예 손도 대지 않겠다?!

어떻게 할지는 당신이 결정해라.

91 * 컴맹이 컴퓨터를
더 잘 판다?

제품에 대해 기술자처럼 잘난 척하지 말라. 당신은 기술자나 개발자가 아니라 제품을 파는 영업자가 아닌가. 제품에 대해서는 사용자 즉, 고객이 더 전문가다. 그러니 기본적인 것만 살짝 아는 척하고 파는 데 집중하라. '고객은 똑똑한 영업자한테 배우고 마음에 드는 영업자한테 발주를 준다.'는 말이 있다. 인간이라는 족속은 원래 그런 걸까? 똑똑한 사람의 얘기를 들으면서 감탄하다가도 '거, 디게 잘난 척하네.' 하며 '팽' 하고 돌아선다. 어쩌면 약간 모자라 보이는 게 인생을 잘 사는 비법은 아닐까 하는 생각까지 든다. 어쩌면 말이다.

92 * 당근 바로 옆에 채찍을 둬라!

이건 굳이 영업이 아니더라도 인생의 대원칙으로 삼을 만한 항목이다. 우리들 거의 모두는 격려와 칭찬, 찬사에 환장하기도 하지만 인간 문제는 때때로 거칠게 다룰 필요가 있다. 사람이란 원래 무작정 잘해주기만 하면 기어오르게 되어 있다. 그러니 늘 당근만 주던 사람도 가끔은 채찍을 들고 자기 의사를 정확하게 표현할 필요가 있다는 것이다.

나는 애인이나 친구 관계에서 "내 맘 알지?" 하는 표현이 참 바보 같다고 생각한다. 인간이란 족속은 원래 입 밖으로 내어 말하지 않으면 뭘 잘 모르는 존재들이다. 싫으면 싫다, 좋으면 좋다, 다시 생각해보니 이건 내가 원했던 방향이 아니다

등등 의사 표현을 정확하게 하는 습관을 기르자.(대신 뉘앙스는 완곡하고 부드럽게~!) 그와 동시에 칭찬과 찬사를 보내주면 절대로 누구도 당신을 만만하게 코지는 않을 것이다.

당근과 함께 늘 채찍을 옆에 둬라! 특히 모든 사람이 만만하게 보는 '을'의 입장에 있는 사람이라면 더더욱!

93 * 나만의 영업 노하우는
영원히, 절대로 내 것으로 남겨둬라!

　이 항목은 없던 얘기로 하고 싶을 만큼 쓸데없는 걱정임을 먼저 밝힌다. 이 세상에 영원히 절대로 내 것으로 남을 영업 노하우가 있기는 한 것인지 궁금하다.

　사실 젊었을 때는 먹고 살랴, 가정사 챙기랴 정신없지만 늙어서는 뭔가 보람된 일을 하면서 살고 싶지 않은가? 오드리 헵번처럼 불쌍한 아이들을 도와주고 세상에 봉사하면서 노후를 보내는 것이 얼마나 멋진 일인가. 물론 돈이나 육체적 노동으로 사람들을 도와줄 수도 있겠지만 나는 살아가면서 내가 습득한 정보를 꼭 필요한 사람들에게 전해주는 것도 일종의 봉사가 아닐까 생각한다. 예를 들면 재테크에 관심 있는 사람들에게 내가 아는 재테크 정보를 주고, 남자가 필요한 미스들에게는 소개팅을 해주고, 고민이 있는 후배들에게는 상담을 해주고, 영업 노하우를 물어오는 사람들에게는 개인적인 경험담을 들려주고 하는 식으로 말이다.

그런데 이 영업 바닥에 오래 있다 보니 별 거지 같은 노하우도 아닌 걸 자기 혼자만 알고 있겠다고 꽁꽁 싸놓고 안 푸는 사람들 많이 봤다. 내가 보기에는 별것도 아닌 것을 대단한 일인양 과장하려 드는 경우도 있고, 아무 것도 모르는 후배들 데려다가 술이나 퍼 마시면서 "영업이란 말이지……" 하면서 주정이나 부리고, 영업에 대해 한 수 가르쳐 주겠다면서 후배들 모아놓고 진짜 핵심 노하우는 안 알려 주고 공짜 밥만 얻어먹는 사람들도 봤다. 그런 사람들 잘 살펴보면 영업 지지리도 못하는 선배들이다. 본인도 고객 만나는 거 버거워 하고, 실적이 없어 고민하는 사람이란 말이다. 가능한 한 멀리해야 할 부류들.

어떤 직원은 나한테 "선배처럼 정보를 그냥 마구 풀어주는 사람은 처음 봤다."고 한다. 내 보기엔 별 정보도 아닌디 말이다.(그저 내가 그 당시 알았으면 유익했겠다 싶은 소소한 이야기였는데~.) 아무튼 세상 모르는 귀엽고 착한 후배들이란. 사람이 나이가 많아지면 말투가 자꾸 훈계조로 바뀌고 한 말 또하고 한 말 또하는 건 젊은 날 고생하면서 터득한 삶의 진리를 후배들에게 전하고 싶은 욕심이 아니겠나 싶다. 물론 이런 노하우 다 퍼주다가 호랑이 새끼의 밥이 되어 후회할 일도 있을 지 모르겠으나 스승이 제자에게 먹히는 것 역시 세상 사는 순리 아니던가. 후배들이나 팀원들을 더 키울 생각을 안 하고 소심하게 경쟁하고 내 밥그릇 걱정하는 것은 내 그릇을 간장 종지로 만드는 지름길이다. 어떤 높으신 분들은 그런 간장 종지 만한 마음 씀씀이로 자기보다 못한 사람을 채용하기도 한다던데 그 사람들부터 몰아내면 훨씬 역동적인 세상이 되지 않을까. 나보다 더 훌륭한 후배들로 팀을 구성하면 선배인 나도 크고, 후배도 크고, 회사도 발전하고 모두가 이기는 길인데 말이다. 그러다가 후배한테 먹히면 또 어떤가. 우리 사는 세상이 언제는 그렇게 훈훈한 일만 있었던가 하며, ‘이런 일까지 겪다니, 나도 살만큼 살았나봐.’ 라고 생각하자! 그러려니 받아들이는 게 건강에도 좋다. 후배한테 먹히고 또 내가 하산해야 될 때를 정확하게 알고 받아들이는 것이 세상 사는 순리라 생각하자. 흐르는 물을 막을 수는 없지 않은가.

　　그럼에도 한 가지 짚고 넘어가고 싶은 건 은혜를 원수로 갚는 족속들에 대한 이야기인데, 그런 못된 2인자 놈들은 예의 주시할 필요가 있다. 가만히 두면 정말 나를 죽이고 말 놈들이다. 괜스레 존경한다며 다가와 친분을 강요하는 사람을 주의하고 경계할 것. 존경이 과해지면 상대의 자리를 뺏고 싶어지는 거다. 당신이 생각 없이 흘린 바로 그 영업 노하우로 언제가 당신을 잡아먹고 말 것이다. 치사해 보여도 어쩔 수 없다. 특히나 여자들은 친분에 약해서 이런저런 수다를 떨다가 노하우 뺏기고, 자기 고객 다 뺏기고 울고 부는 현장을 여러 번 목격한 나로서는 말하지 않을 수가 없는 항목이다.

세남자일보즈다

94* 영업 달인의 영업 비결, 그 정답은?

이 책을 쓰는 나도 영업 달인으로 여러 사람들에게 '비결이 뭐냐?'는 질문 세례를 받아왔다. 그런데 정답이란 게 있는가, 늘 헷갈린다. 부자들이나 성공한 사람들에게 비결을 물어보면 늘 "그냥 열심히 살았어요." 하지 않던가. 그렇다. 이게 정답인 거다. 각자의 소신과 고집으로 묵묵히 제 갈을 가면 된다. 물론 이런 책도 찾아 읽고, 달인들도 만나서 멘토링도 받는 등 힌트를 발견하려는 노력까지 합쳐지면 달인의 대열에 더 빨리 합류할 수 있겠지만, 백인백색 저마다의 삶의 방식이 있을 것이니 남의 비결을 따라할 것만이 아니라 나의 비결을 발견하는데 더 노력하라는 것이 내 당부다. '쟤는 대체 영업을 왜 하나.' 했던 어눌한 후배 하나는 몇 년을 고생하고 다니더니만 자기만의 비법을 발견한 후부터는 그야말로 '영업왕'이 되었더랬다. 그러니까 한마디로 정리하면, '본인만의 왕도를 만들어라!'는 얘기다.